Michael Gärtner

Advent an der Kaffeemaschine

Advents- und Weihnachtsgeschichten
an ungewöhnlichen Orten
zum Nachdenken und Schmunzeln

Bibliographische Information der Deutschen Nationalbibliothek:
Die Deutsche Nationalbibliothek verzeichnet diese Publikation
in der Deutschen Nationalbibliographie; detaillierte bibliographische Daten sind im Internet über http//dnb.dnb.de abrufbar.
Die automatisierte Analyse des Werkes, um daraus Informationen
insbesondere über Muster, Trends und Korrelationen gemäß §44b
UrhG („Text und Data Mining") zu gewinnen, ist untersagt.

Verlag: BoD • Books on Demand GmbH, In de Tarpen 42, 22848
Norderstedt
Druck: Libri Plureos GmbH, Friedensallee 273, 22763 Hamburg

ISBN: 978-3-7597-5077-8

Inhalt

Die Figuren der Erzählungen sind frei erfunden und haben keine Ähnlichkeit mit lebenden Personen

Vorbemerkungen

Die folgenden Geschichten spielen in für Advents- und Weihnachtserzählungen ungewohnten Umgebungen und erzählen ungewöhnliche Begebenheiten. Allen gemeinsam ist die Zeit, in der sie spielen – die Wochen des Wartens und Feierns in der dunklen Jahreszeit.

Weihnachten war der Anfang eines Neuanfangs mit einer stillen Revolution von unten. Das Kind, das in jener Nacht geboren wurde, versuchte als Erwachsener die Welt zu verbessern. Jesus bot seinen Mitmenschen einen neuen Anfang mit Gott und den Menschen an, um die Welt zu einer besseren Welt zu machen. Vieles ist gelungen, vieles wartet noch auf Verwirklichung.

Sein Weg:
Friedensliebe statt Machtgelüste,
Leidensfähigkeit und Sanftmütigkeit,
Bescheidenheit statt Luxus,
Barmherzigkeit und Gerechtigkeit.

Kann man so wirklich die Welt verändern? Es wird dauern, aber so könnte es gehen. Und: Es beginnt im Kleinen, bei den Einzelnen und wird wirkmächtig, wenn sie sich zusammentun.

Die folgenden Geschichten erzählen von Anfängen im Kleinen – zum Lesen und Vorlesen. Die (Vor-) Leselänge ist angegeben.

Ludwigshafen 2024   Michael Gärtner

Advent an der Kaffeemaschine

Kaffee ist ein soziales Getränk – in dem Sinne, dass er Menschen zusammenbringt. Ob er auch als sozial in Bezug auf die Arbeitsbedingungen und die Bezahlung derjenigen genannt werden kann, die die Kaffeebohnen anbauen und ernten, soll an dieser Stelle dahingestellt, aber als Problematik nicht unerwähnt bleiben.

Kaffeetrinken ist zumeist ein soziales Unterfangen – vielleicht abgesehen von dem einsamen Schriftsteller, der versucht, sich und sein Schreibgerät durch die Zufuhr von Koffein in Gang zu halten. »Lass uns doch einen Kaffee trinken gehen!« oder: »Möchtest du nicht morgen Nachmittag zum Kaffee kommen?« sind nahezu feststehende Redewendungen, die ein Treffen meinen, bei dem keineswegs immer alle Beteiligten Kaffee trinken. Es könnte auch Tee oder Kakao sein. Manche bevorzugen je nach Jahres- oder Tageszeit alkoholische oder andere nicht alkoholische Getränke. In der Weihnachtszeit ist auch Punsch, Grog oder Glühwein angesagt. Auf jeden Fall: Bei dem Ausdruck ‚Kaffeetrinken‘ denkt man an gemütliche Stunden im Kreise lieber Menschen.

Daneben gibt es die weniger formalisierten Formen des gemeinsamen Kaffeetrinkens, wobei auch die selbstverständlich unausgesprochenen Regeln des Miteinanders unterliegen.

In Betrieben, Büros und Lehrerzimmern sind die Kaffeemaschinen der Ort, an dem man sich trifft. Manche lugen, bevor sie sich auf den Weg zu besagter Maschine machen, zunächst verstohlen dorthin, um sicherzustellen, dass sich am Ort ihrer Begierde niemand befindet, den sie nicht treffen möchten. Sollte dies der Fall sein, geht man voller Vorfreude an das Gerät, nimmt seinen Kaffeebecher mit oder – je nach Arrangement – einen frischen aus dem Regal und bedient sich. In früheren Zeiten stand da eine Thermoskanne, aus unerfindlichen Gründen bis heute in manchen Fernsehserien noch beliebt. Auf sie folgte die Kaffeemaschine mit Durchlauferhitzer und Filterkaffee. Heute haben sich weitgehend die Vollautomaten durchgesetzt. Einige behaupten, der Kaffee sei besser, auf jeden Fall machen diese in der Regel dekorativen Maschinen mehr her – andererseits auch mehr Krach. In größeren Einheiten findet man den Automaten, der von einer Fremdfirma befüllt wird, in kleineren – zumeist bei kreativen Menschen – die klassische italienische Espressomaschine mit Siebträger und manuellem Milchaufschäumer.

Im Lehrerzimmer des altsprachlichen Gymnasiums stand der Vollautomat eines bekannten schweizerischen Herstellers. Der freundliche Studiendirektor, der auch ansonsten das ‚Mädchen für alles‘ an dieser Schule war, hatte die Wartung übernommen. Er sorgte in den erforderlichen Intervallen für das Entkalken und die Reinigung. Wasser und Kaffeebohnen nachfüllen konnten inzwischen die meisten Mitglieder des Kollegiums. Nur mit dem Reinigen des Milchsystems gab es immer wieder Probleme. Keiner fühlte sich zuständig und vor allem die Vertreter der Geisteswissenschaften verstanden den Ablauf nicht so richtig. Ein einzelner lang gedienter Altphilologe – er zeichnete sich durch eine gewisse Misogynie aus – kam gar nicht mit dem Gerät zurecht. Er stellte seine Tasse konsequent unter den jeweils falschen Auslauf, wusste oft nicht, welche Taste die richtige war, und musste immer wieder – sich selbst erniedrigend, aber vom Verlangen nach Kaffee getrieben – eine der jungen Kolleginnen fragen, was er denn nun tun müsse, um an das begehrte Gebräu zu kommen. So sorgte der technische Fortschritt für eine neue Variante der Geschlechtergerechtigkeit.

Die letzten Wochen vor Weihnachten sind – ähnlich den letzten vor den Sommerferien – die Zeit in einer Schule, in der man klugerweise jedem möglichen Konflikt aus dem Weg geht. Auch Ehegatten und Kinder von Lehrerinnen und Lehrern wissen, dass spätestens ab Mitte Dezember die kleinste Kleinigkeit genügt, um das blank liegende Nervenkostüm eines Lehrers oder einer Lehrerin blitzartig – sowohl was die Geschwindigkeit als auch was die Höhe der sich entladenden Spannung betrifft – zusammenbrechen zu lassen, begleitet von dem Donner eines

Schreis, einer Faust auf dem Tisch oder eines Tellers an der Wand. Entsprechend vorsichtig geht man in den Lehrerfamilien miteinander um, versucht unnötige Diskussionen zu vermeiden und alle Probleme auf die Zeit zwischen den Jahren zu verschieben – was nicht immer gelingt, da man sich zumindest über das Essen an den Weihnachtsfeiertagen einigen muss.

Auch in jenem Lehrerzimmer versuchte man in diesen Wochen einfühlsam miteinander umzugehen. Das schafften die meisten, nur die allgegenwärtigen Egomanen und Narzissten ließen ihre Anspannung an den Kolleginnen und Kollegen aus – manche sogar an den Schülerinnen und Schülern.

Jener altgediente Altphilologe hatte in diesen sensiblen Wochen ebenfalls gelegentlich das Bedürfnis nach Kaffee, jedoch ohne die vorweihnachtliche Erleuchtung, wie die Maschine richtig zu bedienen sei.

Nun hatte er einmal eine Freistunde und das Lehrerzimmer war leer. Eine Krankheitswelle hatte das Lehrerkollegium heimgesucht und jede verfügbare Lehrkraft musste Vertretungsstunden übernehmen. Fast jede, denn den Altphilologen hatte es nicht getroffen und auch nicht die junge Biologielehrerin. Sie war Anfang dreißig, hübsch und dem Altphilologen ein Dorn im Auge. Die Ursache seines Unmuts war jetzt bei den winterlichen Temperaturen nicht zu erkennen. Im Sommer jedoch, wenn die Ärmel und die Röcke kürzer wurden, war der Grund seines Missfallens unübersehbar. Die junge Biologielehrerin war tätowiert – sowohl der linke Arm als auch das linke Bein, nur Hand und Fuß waren ausgenommen. Offenbart hatte sie diese Verzierungen ihres auch ohnedies hübschen Körpers klugerweise erst nach der Verbeamtung auf Lebenszeit – man wusste doch nie, was der Schulleiter darüber dachte, oder ob ein Kollege sie aus unerfindlichen Gründen anschwärzen würde. Immer wenn unser Altphilologe diese Kollegin sah, musste er an ihre Tattoos denken, auch jetzt noch, wo sie unter der wärmenden Kleidung verborgen waren. Die Kollegin war an diesem Tag im Advent die Einzige, die ihm zu dem erwünschten Getränk verhelfen konnte. Das war unter seiner Würde, also versuchte er es alleine. Ein Latte macchiato sollte es sein, seine Lieblingsvariante des Kaffeetrinkens. Der Milchbehälter war gefüllt, das konnte er erkennen. Kaffee war sicher genug in der Maschine, dafür sorgten schon die Kolleginnen. Jetzt musste er nur noch den Becher unter den richtigen Auslauf stellen. Davon gab es zwei. Wenn er den falschen wählte, würde die Milch daneben laufen und die Maschine verschmutzen. Alle Kolleginnen und Kollegen wüssten dann, dass er an dieser Maschine gewesen war. Trotz seines fortgeschrittenen Alters würden sie ihm die eine oder andere kleine Bemerkung nicht ersparen. Sollte er sie doch fragen, die Tätowierte? Dann müsste er auf sie zugehen, zu ihr hingehen im wahrsten Sinne des Wortes. Er war gezwungen, eine Güterabwägung vorzunehmen, wie er es bei Sokrates gelernt hatte. Blamage vor den Kollegen oder Demütigung vor der Kollegin. Oder auf den Kaffee verzichten. Na ja, vielleicht war das zu vermeiden. Vielleicht sollte er doch die Kollegin fragen. Er hatte ihr ja noch nie gesagt, was er über sie dachte. Nur einigen anderen im Kollegium.

Er konnte sich nicht entscheiden.

Die Kollegin widmete sich unterdessen der Korrektur einer Hausaufgabenüberprüfung: der Blutkreislauf des Menschen, Klasse 8b. Die Freistunde müsste für die Korrektur reichen, wenn sie sich beeilte. Dann könnte sie den Test noch vor Weihnachten zurückgeben und einigen in der Klasse damit eine Freude machen, anderen eher nicht. Sie war äußerst konzentriert und registrierte den hilflosen Kollegen kaum. Ohnehin hatte sie keinen Kontakt zu ihm, er schien ihr immer aus dem Weg zu gehen. Zudem hatte er den Ruf, auf Frauen herabzuschauen. Das musste sie sich nicht antun. Bisweilen sah sie auf und bemerkte, dass der Kollege nun schon einige Minuten vor der Kaffeemaschine stand. Vielleicht kann er sich nicht entscheiden, was er will, dachte sie. Zunächst. Dann aber fiel ihr ein, dass sie gehört hatte, er wäre der Einzige im Kollegium, der nicht mit der Maschine zurechtkäme. Er stand immer noch dort. Die ganze Stunde über den Tisch gebeugt zu sitzen, ist ungesund, dachte sie. Mache ich halt die paar Schritte. Sie stand auf und ging auf ihn zu. Wie sage ich es meinem Kinde?, fragte sie sich auf dem Weg. Und wie einem altgedienten Kollegen von der etwas störrischen Art?

»Ist die Maschine kaputt?«, fragte sie und war überzeugt, dass dies ein unverfänglicher, den Kollegen nicht festlegender Anfang sei, den er nicht übel nehmen könnte.

»Defekt, meinen Sie?«, fragte er zurück

Oje, so einer ist der also. Was hat der gegen das schöne deutsche Wort ‚kaputt‘? Na ja, ein Altphilologe eben, der liebt Wörter mit lateinischem Ursprung.

»Das eine wie das andere, mir doch egal«, sagte sie und lächelte ihn an.

»Das sehe ich anders«, antwortete er.

Stur und rechthaberisch ist er auch noch. Das haben die anderen schon von ihm gesagt, keine neue Erfahrung also.

»Kann ich Ihnen helfen?«, fragte sie und lächelte ihn weiterhin an. Die Vorweihnachtszeit ist die Zeit beharrlicher Deeskalation, sagte sie sich.

»Vielleicht«, antwortete er.

Ein erstes Erweichen seines Widerstandes, sagte sie unhörbar zu sich selbst. Der Kaffeedurst muss groß sein. Gleich hab’ ich ihn.

»Wie denn?«, fragte sie fast ein wenig zu süßlich.

Schweigen. Sie lächelte konsequent weiter und machte eine unübersehbar fragende Mine.

»Der Latte macchiato, aus welcher der beiden Öffnungen kommt der?« Das Verlangen nach Kaffee hatte über den Stolz gesiegt. »Ich habe hier schon lange keinen mehr getrunken«, sagte er ein wenig gequält.

Das stimmte sicher nicht, nahm sie an. Aber egal.

»Geht mir auch manchmal so«, schwindelte sie nun ihrerseits und fuhr fort: »Dann stelle ich einfach unter beide Öffnungen je einen Becher und lass mich überraschen, wo etwas herauskommt.«

So machte er es.

Fortan sah er die Kollegin in einem anderen Licht.

Das unentschlossene Christkind

Eigentümlich. 24. Dezember, 18.00 Uhr – und niemand ist auf der Straße. Die Ortsmitte von Oppau ist wie leer gefegt. Das Christkind steht auf dem Kreisrund der Kirchenstraße zwischen den beiden Kirchen. Vermutlich sind alle schon drinnen in diesen Kirchen. Am Heiligen Abend muss man früh da sein, wenn man noch einen guten Platz bekommen möchte. Einmal im Jahr jedenfalls sind die beiden Kirchen voll. Die Katholiken gehen in die eine, die Protestanten in die andere. An diesem Tag mischen sich auch noch weitere dazwischen, die einmal katholisch oder evangelisch waren, es nicht mehr sind – vielleicht noch tief in ihren Herzen ein wenig – für die auf jeden Fall der Kirchgang zu Weihnachten dazu gehört. Am besten noch am Heiligen Abend, denn an den nächsten beiden Tagen möchte man ausschlafen, bevor die Verwandtenbesuche beginnen.

Jetzt geht es in beiden Kirchen los. Das Christkind hört, wie die Orgeln sich aufblähen und »Oh, du fröhliche« hinausblasen – in die Kirche mit Weihrauchduft und in die andere ohne. Wo soll es hingehen an diesem besonderen Abend? Immerhin feiert man seinen Geburtstag, und da ist das Christkind, wie die meisten anderen auch, nicht gerne alleine. Es wäre schön, sich feiern zu lassen, zu hören, dass die Menschen den eigenen Geburtstag für etwas ganz Besonderes halten, dass sie aus diesem Anlass schöne Musik machen, so viele Kerzen anzünden, dass man Bäume benötigt, um sie zu halten, dass sie einander beschenken, weil sie es, das Christkind, ja nicht zu Gesicht bekommen. Ob sie ihm auch etwas schenken würden, wenn es sich zu erkennen gäbe? So wie damals die drei aus dem Osten, die Myrrhe, Weihrauch und Gold brachten?

Wie soll es sich entscheiden? Das Christkind ist unschlüssig. Soll es in die Kirche mit der schöneren Musik gehen oder in die mit dem größeren Weihnachtsbaum? Aber welche ist das jeweils? Oder in die, in der die Menschen fester an es glauben? Aber was heißt das, an das Christkind zu glauben? Ob in den Kirchen jemand ist, der daran glaubt, dass das Christkind gleichzeitig draußen auf der Straße stehen könnte – unschlüssig und mit seinem Problem allein gelassen?

Es geht ihm gar nicht gut, dem Christkind. Das Schlimmste an einer Entscheidung ist die Zeit, bevor man sie fällt. Diese Unsicherheit.

Das Christkind stößt einen Fluch aus – leise nur und auch nur einen winzigen. Warum müssen sie es ihm aber auch so schwer machen? Ich habe es ihnen gesagt, aber sie haben sich nicht daran gehalten, denkt es. Eins sollt ihr sein, einig, so werdet ihr die Menschen überzeugen. Aber nein, wie sie eben sind, die Menschen, sie mussten sich zerstreiten, von Anfang an.

Das Christkind geht zur Tür der St. Martins Kirche und lauscht. Gerade wird der erste Teil der Weihnachtsgeschichte vorgelesen, in dem davon erzählt wird, wie sich die Eltern auf nach Bethlehem machen. Es huscht hinüber auf die andere Seite des Platzes und legt das Ohr an die Tür der Auferstehungskirche. Hier wird gerade der zweite Teil gelesen, der mit den Engeln und den Hirten auf dem Felde. Immerhin, sie lesen auf beiden Seiten des Platzes dieselbe Geschichte vor. Wozu brauchen sie dann überhaupt zwei Kirchen?, denkt es. Gut, eine alleine wäre zu klein, man benötigt schon zwei – oder eine ganz besonders große. Wenn schon zwei, dann könnte man doch anders aufteilen, denkt das Christkind. In die eine alle mit den Familiennamen A bis M und in die andere die mit N bis Z. Zum Spaß könnte man auch einmal Männer und Frauen trennen, dann würde vielleicht mehr Konzentration herrschen. Oder man sortiert nach dem Alter. Wenn schon zwei Kirchen, dann könnte man doch mal kreativ sein. Dann wäre die Entscheidung, in welche Kirche es gehen sollte, auch nicht so schwer. Aber sich zwischen Protestanten und Katholiken zu entscheiden, so etwas hat immer schwerwiegende kirchengeschichtliche Konsequenzen, mit Auswirkungen von Oppau bis nach Rom und darüber hinaus.

Das Christkind hat ein Problem und weiß nicht, damit umzugehen. Außerdem ist es hungrig geworden, schließlich ist es schon nach achtzehn Uhr und es hat seit Stunden nichts mehr gegessen. Zu essen gibt es in beiden Kirchen nichts Richtiges, wenn überhaupt.

Da fasst das Christkind einen Entschluss. Es geht in keine der beiden Kirchen, sondern zurück in die Edigheimer Straße, denn dort ist eine Dönerbude, die noch geöffnet haben müsste.

Der Traum des Intendanten

Sie nannten ihn nur ‚Il Intendante‘. Er hatte das Pfalztheater im Griff. Wenn er die Büros betrat oder auf die Bühne kam, glich das einem Wirbelwind, an manchen Tagen einem Hurrikan. Nicht immer war er zerstörerisch im umfassenden Sinne, aber immer war es hinterher anders als vorher. Er hatte seine eigenen Vorstellungen und ein Intendant ist eben der Intendant. Das betonte er stets, wenn es notwendig sein sollte. Nicht unumschränkter Herrscher an einem Theater, aber doch einer, der im Ernstfall am längeren Hebel saß. Er war ein Narzisst von der liebenswerten Sorte, wollte geliebt werden, wie er war, und wem das schwerfiel, den wusste er durch ein unwiderstehliches Lächeln oder ein unerwartetes Entgegenkommen auf seine Seite zu ziehen.

In diesem Jahr hatte ‚Il Intendante‘ eine Idee, die er schon im Januar kundtat und die er das ganze Jahr über konsequent verfolgte. Es galt, sie alle auf seine Seite zu ziehen, nicht nur den Hausdirigenten und das Orchester, auch die Schauspieler, die Solisten und der Opernchor mussten überzeugt werden. Weiterhin noch der Extrachor, die ehrenamtlichen Sängerinnen und Sänger, die bei großen Werken den Opernchor verstärkten. Sie alle sollten zusammen auftreten. Keineswegs im Pfalztheater selbst, sondern mitten in der Stadt auf dem Stiftsplatz – und das am 24. Dezember um achtzehn Uhr. Die meisten Angestellten des Pfalztheaters fanden diesen Termin ausgesprochen ungünstig, aber es gelang ‚Il Intendante' – mit Menschen- und mit Engelszungen redend – nahezu alle von seinem Plan zu überzeugen. Wer nicht von sich aus Begeisterung zeigte, den wies er auf die Öffentlichkeitswirkung dieser Veranstaltung hin und auf den Stolz, der sich bei den Verantwortlichen beim Bezirksverband Pfalz, dem Träger des Theaters, breit machen würde. Es gehe schließlich auch darum, den Bestand des Theaters zu sichern, sagte er immer wieder.

Ein Weihnachtskonzert der ganz besonderen Klasse sollte es werden, die Weihnachtsgeschichte der Bibel und die von Charles Dickens von Schauspielerinnen und Schauspielern vorgelesen, zwei groß dimensionierte Weihnachtsbäume rechts und links von der Bühne, auf der der Chor stand, eineinhalb Stunden Weihnachtsstimmung mit Niveau – mit einem Niveau, das nicht einmal Hamburg oder München bieten konnten, von Berlin gar nicht zu reden.

Von unerwarteter Seite kam Widerstand, den ‚Il Intendante' jedoch charmant einzufangen verstand. Er lud den evangelischen und den katholischen Dekan zu einer Premiere ins Theater ein – und hinterher zu einem kleinen Essen mit ihm und der hübschen Schauspielerin, die einen der Texte lesen sollte. Der Argumentation der beiden, die vom Intendanten geplante Veranstaltung fiele genau in die Gottesdienst-zeiten einiger Gemeinden und wäre aus der Sicht des Sonntagsschutzes problematisch, begegnete er nicht mit juristischen Argumenten – obwohl er solche auf seiner Seite gehabt hätte – sondern mit dem Angebot, die beiden könnten am Ende der Veranstaltung, kurz vor dem letzten Satz aus Beethovens Neunter, einen Segen sprechen, ‚urbi et orbi‘ sozusagen. In diesem Falle vielleicht nur ‚urbi‘, aber immerhin. Die Deka-ne, vom Charme des Intendanten und dem der dun-kelhaarigen Schauspielerin eingefangen, stimmten zu.

Als dieses Treffen stattfand, waren die Vorbereitun-gen schon in vollem Gange. In der ganzen Stadt wur-de für den Extrachor geworben. Man wollte die Büh-ne mit über zweihundert Sangesbegeisterten füllen, die sowohl das ‚Ave-Maria‘ wie das ‚Oh du fröhli-che‘ als auch die ‚Ode an die Freude‘ mit einem Nachdruck singen sollten, den selbst die legendären, wenn auch meist schlecht geschulten, Fischer-Chöre nicht erreicht hatten.

Das Projekt erregte Aufsehen – regional, überregio-nal, sogar deutschland- und europaweit. So etwas hat-te noch niemand gewagt, schon gar nicht in einer Stadt, die seit Jahren mühsam an der Einwohnergren-ze zur Großstadt kratzte, wenn auch bisher erfolglos.

Weihnachten kam näher. Es war gelungen, einen Chor mit zweihundertzwanzig Sängerinnen und Sängern aufzustellen. ‚Il Intendante' hatte gezeigt, was er konnte. Man hatte allerdings auch im Bereich der Kirchenchöre gewildert und so manche vom weihnachtlichen Kirchgang abgehalten, was die Dekane zu einer Protestnote veranlasste. Die Schauspieler rissen sich darum, lesen zu dürfen. Je größer die Resonanz in den Medien wurde, desto sensibler musste ‚Il Intendante' bei der Auswahl vorgehen. Der Südwestrundfunk, das ZDF, RTL und Pro Sieben hatten sich mit Übertragungswagen angemeldet. In mehreren Städten Deutschlands und in den europäischen Hauptstädten baute man auf großen Plätzen Leinwände für ein Public Viewing auf. Der Leiter der Requisite fragte beim Intendanten an, ob er Kunstschnee besorgen solle. Der Oberbürgermeister wollte eine Rede zur Begrüßung halten, musste sich dann aber mit der Rezitation eines Gedichtes von Ringelnatz zufriedengeben. Der Bundeskanzler ließ anfragen, ob er ein Grußwort per Videoschalte sprechen sollte. Stattdessen bot man ihm einen Platz auf der Ehrentribüne an. Dort saßen auch die Kirchenpräsidentin und der Bischof sowie der amerikanische Botschafter und einige andere hochrangige Diplomaten. Das Weihnachtskonzert auf dem Stiftsplatz in K-Town war zu einem Selbstläufer geworden, zu einer Veranstaltung, die niemand verpassen wollte. Ein Ereignis, das alles andere zu verdrängen schien.

‚Il Intendante' war zufrieden – mit sich, mit den zahlreichen Interviews, die er geben durfte, mit den Angeboten namhafter Häuser, die dortige Intendantur zu übernehmen, mit den Anfragen junger Künstlerinnen, die bei ihm zu Hause vorsprechen wollten, mit den Einladungen nach New York und Singapur. Wenn er ehrlich sein sollte, so hatte er zu Beginn des Jahres nicht mit einer solchen Resonanz gerechnet. Aber er war eben ‚Il Intendante', der Intendant des Pfalztheaters Kaiserslautern, ein Mann der Tat, der seine Ideen konsequent umsetzte und damit Erfolg hatte. Der Abend wurde ein voller Erfolg. Vor seinem geistigen Auge lief diese einzigartige Veranstaltung immer wieder und wieder ab.

Es war das Klingeln des Telefons, das ihn am Morgen des 25. Dezembers aus dem Schlaf riss. Der Hausmeister des Theaters rief an und teilte ihm mit, dass auch in diesem Jahr wieder einige Unbekannte den Platz vor dem Eingang mit Erbrochenem verschmutzt hatten. ‚Il Intendante' versuchte ihn mühsam zu motivieren sauberzumachen, griff sich ständig an den Kopf, denn der schmerzte ihn, und versuchte sich zu erinnern, was er am Abend zuvor getan und gegessen hatte. Er hatte vor dem Fernseher gesessen – wie immer – Leberwurstbrötchen mit sauren Gurken gegessen – wie immer – und Riesling getrunken – wie immer. In diesem Jahr vielleicht ein wenig zu viel. Der Heilige Abend war seiner Ansicht nach der ödeste des Jahres. Keiner wollte ins Theater, keiner wollte spielen, singen oder musizieren. Ein Abend, an dem er sich ausgesprochen nutzlos vorkam. Jedes Jahr war es so gewesen, genauso wie dieses Jahr.

Nicht das letzte Weihnachten

Im Klinikum steht kein Weihnachtsbaum im Foyer, keiner im Wartebereich der Station. Weihnachten ist normale Arbeitszeit. Nicht ganz. Die Belegung ist heruntergefahren, operiert werden nur die Notfälle, die Feier mit der Familie soll möglichst vielen Mitarbeitenden zuteil werden, die assistierenden Dienste haben frei, die Chefärzte freuen sich auf den Urlaub zwischen den Jahren.

In den Betten liegen die, die nicht entlassen werden können – weil sie frisch operiert sind, weil sie Tag und Nacht versorgt werden müssen, weil das Sterben naht und die Schmerzen unter Kontrolle gehalten werden müssen.

Er hatte ein Speiseröhrenkarzinom, das zweite. Acht Stunden Operation. Die Speiseröhre verkürzt, den Magen nach oben gezogen, eine neue Anatomie des oberen Verdauungstraktes kunstvoll konstruiert. Die Schmerzpumpe macht es erträglich. Immer wieder drückt er auf die Taste für eine Zusatzdosis. Der Schleim muss an der frischen Wunde vorbei ausgehustet werden. Das tut weh, das kostet Kraft. Die Nacht hindurch wird gehustet, geröchelt, geschnarcht. Geschlafen wird bei jeder Gelegenheit, wenn die Pumpe ihr Mittel abgegeben hat, wenn die Schmerzen nachlassen, wenn der Schleim abgehustet ist. Dann fällt der erschöpfte Körper in den Schlaf, bei Nacht und bei Tag. Noch wird er künstlich ernährt. In ein, zwei Tagen kommt der erste Haferschleim.

Die Familie besucht ihn jeden Tag. Die Frau, der Sohn mit Schwiegertochter, die Enkelin. Hilflos sind sie, schon die zweite OP an der Speiseröhre. Danach wieder eine Chemotherapie, hat der Arzt gesagt. Wie beim letzten Mal. Wochen der Übelkeit, Erschöpfung, Entzündungen der Schleimhäute. Die Operation wird immer noch schmerzen, der Körper wird sich in der ersten Zeit nicht erholt haben.

Die Frau bringt einen Tannenzweig und eine Kerze. Ein bisschen Weihnachten. Sie bleibt bis zum Abend. Dann trifft sich die Familie ohne ihn zu Hause. Der im Nachbarbett ist auch frisch operiert, ein anderer Krebs, kein Röcheln und Husten, aber Schmerzpumpe und tiefe Erschöpfung, ein Blumenstrauß und ein Weihnachtslicht auf seinem Nachttisch. Die beiden werden Weihnachten zusammen feiern. Vielleicht mit einer Ansprache und ein bisschen Musik im Fernsehen. Aber dann vor allem: Schlafen, denn die Nacht wird unruhig werden, die Nachtschicht wird beim Abhusten des Schleimes helfen.

Kaum einer wünscht frohe Weihnachten. Warum auch? Können das frohe Weihnachten sein? Im Krankenhaus an Schläuchen und der Schmerzpumpe? Von denen vom Pflegepersonal, die Weihnachten feiern würden, ist nur einer da. Der kompetente, freundliche, junge Mann. Vermutlich hat er keine eigene Familie und hat es den anderen ermöglicht, zu Hause zu feiern. Wie auch die vier Schwestern aus Indien und die muslimischen Mitarbeiterinnen. Einfühlsam und zugewandt kümmern sie sich um die Infusionen, Verbände, Katheter, Abführmittel, Blutdruck, Zuckerwerte, polstern die Betten auf und beziehen sie neu, wenn etwas daneben gegangen ist. Gut aufgehoben fühlen sich die beiden Krebspatienten in dem Zimmer, trotz Schmerzen, Übelkeit und Erschöpfung.

Der Chefarzt kommt herein. Damit haben sie nicht gerechnet. Er versucht, gute Stimmung und Hoffnung zu verbreiten: »Es dauert noch ein wenig, dann können Sie richtig essen. Wir bekommen das hin. Die Heilungschancen sind gut. Jetzt lassen wir erst einmal die Wunden verheilen, dann kommt die Chemotherapie, danach sehen wir weiter. Sie haben eine gute Konstitution. Sie können das schaffen. Es wird kein Spaziergang, eher ein Marathonlauf. Wir lassen uns jedoch Zeit, und ich bin sicher, wir werden das schaffen. Sie sind bei uns in guten Händen. Nun ja: Weihnachten im Krankenhaus ist nicht so schön.«

»Wir haben uns darauf verständigt«, sagt der im Nebenbett, »dass es besser ist, dieses Weihnachten im Krankenhaus zu verbringen als beim nächsten Weihnachtsfest tot zu sein.« Die drei nicken. »Die Operation und die Schmerzen, das ist unser Neuanfang. Passt doch zu Weihnachten, oder?«

Licht im Lehrerzimmer

Noch eine letzte Runde. Das konnte man ihm nicht ausreden. Wie oft hatte der Schulleiter ihm gesagt, dass es nicht notwendig wäre, in den Ferien auch noch abends eine Runde durchs Schulhaus zu drehen. Er ließ sich das nicht nehmen. Das war seine Auffassung von Arbeit, seine Auffassung von Pflicht. Er wollte seine Arbeit gut machen. Es gehörte zu seinen Pflichten, jeden Abend einen Rundgang durchs Schulhaus zu machen, zu überprüfen, ob alle Fenster und die Außentüren geschlossen waren. Er war der Hausmeister, ein Hausmeister vom alten Schlag, nicht so ein moderner Facility-Manager, der Firmen mit den Reparaturen beauftragte, sich selbst aber nicht die Finger schmutzig machte. Er konnte alles selbst reparieren – fast alles. Niemand konnte ihm die Verantwortung für sein Schulhaus abnehmen, ja, genau, es war sein Schulhaus, für das er verantwortlich war – dem Schulleiter gegenüber, dem Leiter der Bauabteilung der kleinen Stadt am Haardtrand und vor allem sich selbst gegenüber. Der Schulleiter sagte immer, er trage seinen Namen völlig zurecht.

Im zweiten Stock gegenüber Raum 2.10 brannte das Notlicht mit dem Hinweis auf den Notausgang nicht. Er würde es in den nächsten Tagen instand setzen. Bis zum 6. Januar musste es gemacht sein, dann kämen die Kinder wieder – und die Lehrerinnen und

Lehrer. Die Damen und Herren Oberstudienräte oder gar Studiendirektoren. Na ja, mit den Titeln hatte er es nicht so. Er war der Hausmeister und die waren die Lehrer. Dann gab es noch den Direktor. Das müsste eigentlich genügen. Aber einige von denen trugen die Nase ziemlich hoch, zwei wollten sogar mit dem Titel ‚Oberstudienrätin' angeredet werden. Denen ging er möglichst aus dem Weg. Vor allem der mit den blonden Haaren, durchgestylt wie ein Model, immer mit hochhackigen Schuhen und strengem Blazer, oft auch im Sommer. Dabei war die ziemlich jung. Wenn er bei der das ‚Oberstudienrätin' vergaß, dann antwortete die gar nicht.

Er ging weiter. Jetzt war er im dritten Stock. Darüber gab es nur noch den Speicher, in dem die alten Landkarten und die ausgestopften Tiere aus den Sechzigern eingelagert waren. Es war ein Schulhaus der alten Art: breite Gänge, rechts und links die Klassenzimmer, das ganze Gebäude als Quadrat angelegt. Den Innenhof hatte man vor ein paar Jahren als Theater mit aufsteigenden Sitzreihen gestaltet. Der eigentliche Pausenhof lag auf der Ostseite. An den Ecken des Gebäudes konnte man von oben in den Innenhof und die anderen Stockwerke schauen. Das machte er jedes Mal, wenn er wieder einen Flur hinter sich hatte, nahezu automatisch, eine Angewohnheit. Da unten stand noch der große Weihnachtsbaum, den der Schulleiter jedes Jahr von einem befreundeten Förster organisierte. Er musste ihn dann aufstellen und die Lichterketten anbringen. Die waren jetzt ausgeschaltet. Es war doch niemand mehr in der Schule außer ihm. Nachher würde er in seine kleine Wohnung nebenan gehen, sich eine dieser Fernsehsendungen zum Heiligen Abend anschauen und dazu ein Glas Rotwein, einen guten Spätburgunder aus Gimmeldingen, trinken.

Der nächste Flur war geschafft. Langsam wurde er müde. Was musste er sich auch noch am Heiligen Abend um 22.00 Uhr in der Schule herumtreiben! Er schaute in den Hof und ging weiter. Halt! Etwas war anders gewesen, als er vor ein paar Minuten dorthin geschaut hatte. Er ging zurück. Tatsächlich, etwas war anders. Was war es? Da war ein Schimmer, ein leiser Lichtschimmer unten im Erdgeschoss. Das musste im Lehrerzimmer sein. Das hatte er jedoch schon kontrolliert. Nichts und niemand waren da gewesen, vor allem kein Licht. Er musste noch einmal hin.

Der letzte Flur war abgegangen. Nun wieder hinunter ins Parterre zum Lehrerzimmer. Nichts. Kein Licht, auch nicht im Nebenraum. Sollte er schon Halluzinationen haben? Weihnachtliche Erscheinungen, so wie die Hirten damals, die ein großes Licht am Himmel sahen? Zurück in den Flur, ein Blick in den Hof. Was war das da oben, im ersten Stock? Brannte jetzt dort das Licht im Flur? Offensichtlich! Er hatte es nicht angemacht. Er machte nie Licht an, wenn er abends durch das Schulhaus ging. Er hatte immer eine Taschenlampe dabei, aber meist genügte ihm das Licht der Notbeleuchtung. Von diesem Gebäude kannte er jede Ecke und jeden Winkel. Also noch einmal in den ersten Stock. Wer trieb sich am Heiligen Abend in seinem Schulhaus herum?

Da war kein Licht auf dem Flur. Entweder hatte er wirklich Halluzinationen oder jemand musste es erst an- und dann wieder ausgemacht haben. Aber wer sollte das sein? Am Heiligen Abend ging niemand freiwillig ins Schulhaus, keine Schülerin und kein Schüler und auch niemand vom Lehrkörper – ein Ausdruck, den der Direktor gelegentlich benutzte. Der Flur war dunkel. Aber ein Stück weiter hinten war Licht im Spalt unter einer Tür zu sehen. Der Raum der 10a. Was sollte das? So etwas wie Zorn stieg in ihm auf. Wollte ihn jemand ärgern?

Er ging auf die Tür zu und riss sie auf. Vor ihm lag der hell erleuchtete Klassenraum. Er machte das Licht aus und wollte die Tür schließen, als er ein leises »Hallo!« vernahm. Mit der Taschenlampe leuchtete er den Raum aus. Da hinten saß jemand in der letzten Reihe. Ein Mädchen mit langen blonden Haaren.

»Was machst du hier? Wie bist du überhaupt hereingekommen?«, fragte er in den Raum hinein.

Keine Antwort.

Er machte das Licht wieder an und ging zur letzten Reihe. Schon einige Meter, bevor er dort angekommen war, erkannte er sie. Es war keine Schülerin. Es war diese arrogante Oberstudienrätin. Kein Blazer, dafür einer dieser modernen Kapuzenpullover. Kein Faltenrock, stattdessen eine verwaschene Jeans.

»Was machen Sie denn hier, Frau Oberstudienrätin?«

Keine Antwort.

Er schaute sie an. Sie sah ganz anders aus als sonst, ungeschminkt. Er sah sie genauer an. Fast sympathisch sah sie heute aus. Aber was war das? Hatte sie geweint? Ihre Wangen waren nass.

»Warum mögen die mich nicht?«

Wen meinte sie?

»Ich gebe mir alle Mühe, bereite mich gut vor, versuche gerecht zu sein, habe keine Lieblingsschüler, behandle alle gleich – und doch mögen sie mich nicht.«

Der Hausmeister war ratlos, was sollte er dazu sagen? So hatte er die Frau noch nie erlebt – und überhaupt, wenn eine Frau weinte, fühlte er sich vollkommen hilflos.

»Sie können nicht hier bleiben, Frau Oberstudienrätin. In der Nacht darf niemand im Schulgebäude sein.«

Sie reagierte nicht.

Er nahm allen Mut zusammen und fragte: »Warum sind Sie überhaupt hier, heute, am Heiligen Abend?«

»Ich verstehe nicht, warum sie mich nicht mögen. Sie scheinen mich zu hassen.«

»Und Sie hoffen, hier im Klassenraum eine Antwort zu finden?«, fragte er.

»Ich habe gedacht, wenn ich mich einmal auf einen ihrer Plätze setze, sozusagen ihre Perspektive einnehme, dann könnte ich sie verstehen«, sagte die Lehrerin.

Er sagte nichts.

»Wissen Sie«, fing die Lehrerin wieder an, »ich gebe mir wirklich alle Mühe, eine gute Lehrerin zu sein. Nicht so wie meine Deutschlehrerin damals, die immer ihre Lieblinge in der Klasse hatte. Wenn man der im Aufsatz nach dem Mund redete, war die Eins sicher.«

Er hatte sich schon manchmal gefragt, was der Direktor sich dabei gedacht hatte, einer so jungen Lehrerin gerade die Klassenleitung der 10a zu geben. Die Klasse war berüchtigt. Viele sehr intelligente Schülerinnen und Schüler. Viel Potenzial, wie der stellvertretende Schulleiter es ausgedrückt hatte. Aber auch sehr selbstbewusst, oft sich selbst überschätzend und eben Zehntklässler. In vielem nicht mit sich und der Welt im Reinen und deshalb manchmal unerbittlich offen, schroff, gnadenlos.

»Ich möchte alles richtig machen«, fuhr die Lehrerin fort. »Ziehe mich ordentlich an, komme nicht in Freizeitkleidung in die Schule. Achte auf gute Formen und das Einhalten der Regeln. Aber sie danken es mir nicht.«

Sie ist nicht so viel anders als ihre Schüler, dachte der Hausmeister. Intelligent und unsicher und macht deshalb viele Fehler. Sie will alles richtig machen und wird dadurch zur Maschine. Die Schüler wollen jedoch einen Menschen, an dem sie sich reiben können, und lassen ihren Unmut an ihr aus.

»Ich mochte immer die Lehrer, die auch mal was falsch gemacht haben«, sagte er. »Die waren schon mal ungerecht oder unfair und wir haben uns geärgert. Aber meist haben sie versucht, es wiedergutzumachen.«

»Ich will nicht ungerecht oder unfair sein«, sagte die Lehrerin. »Genau das möchte ich nicht.«

»Sie werden es nicht vermeiden können. Menschen sind keine Maschinen, und Sie auch nicht, Frau Oberstudienrätin.«

»Lassen Sie dieses blöde Oberstudienrätin weg«, sagte sie. »Ich kann das Wort nicht mehr hören. Weil ich so gute Examen hatte, haben sie mich schneller zur Oberstudienrätin gemacht als alle anderen aus meinem Jahrgang. Und nun darf ich mit dem Neid leben.«

»Aber Sie haben sich auch nicht gewehrt, oder?«

»Wer wehrt sich schon gegen eine bessere Bezahlung? So gut stehen wir Lehrer auch nicht da.«

Besser als ein Hausmeister aber schon, dachte er und schwieg.

»Wie kann man Lehrer mögen, die Fehler machen?«, fragte sie.

»Man mag sie nicht wegen der Fehler, sondern trotz der Fehler. Gerade weil sie nicht perfekt sind.«

Sie schwieg.

Er wollte sie noch einmal bitten, das Schulhaus zu verlassen, da sagte sie: »Vielen Dank, Herr Engel, ich gehe jetzt nach Hause und denke nach.«

Er schaute hinter ihr her, wie sie mit dem typischen Gang einer Oberstudienrätin den Raum verließ. Er schaltete das Licht aus und schloss die Schule ab.

Sägmühlweiherweihnachtsfeier

Seit Jahren machen sie es so. Anfangs waren einige der Eltern noch dagegen gewesen. Inzwischen sind alle einverstanden. Es ist bisher nichts passiert und – so hoffen sie – es wird auch dieses Jahr nichts passieren. Der erste Teil des Abends ist nicht das Problem. Die Jugendlichen vom Campingplatz und ihre Freunde aus Ludwigswinkel und Fischbach treffen sich in der alten Hütte in der Nähe des Sägmühlweihers. Am Heiligen Abend ab einundzwanzig Uhr. Wenn man erst einmal sechzehn ist, dann möchte man nicht den ganzen Abend zu Hause herumsitzen. Auch, wenn Weihnachten ist. Gerade, weil Weihnachten ist. Was ist denn Weihnachten ohne Freunde? Mit der Familie muss man ohnehin viel Zeit verbringen. Die Freunde sieht man über die Feiertage viel zu wenig. Aber dafür gibt es die Sägmühlweiherweihnachtsfeier. Die Getränke werden zu Hause geschnorrt oder gekauft, mit den Chips und Snacks ist es genauso. Die Schnorrer, das sind meist die Schüler, die Auszubildenden haben ein eigenes Portemonnaie.

Das Hauptziel des Abends ist, nicht zu Hause sein zu müssen und mit den Freunden reden zu können. Für manche ist es auch das Trinken. Für alle ist es das mitternächtliche Schwimmen im Weiher. Das gibt es erst seit ein paar Jahren, seit der Weiher im Dezember nicht mehr zugefroren ist. Meist ist es an Weihnachten mild und der Weiher ist noch nicht kalt. Trotzdem, wer einen Neoprenanzug hat, ist im Vorteil. Den haben aber nur drei oder vier. Die anderen gleichen den fehlenden Taucheranzug durch Wagemut, Unerschrockenheit und Verkürzung der Schwimmdauer vor dem anschließenden Glühwein aus.

Die Eltern hocken derweil zu Hause vor dem Weihnachtsbaum, im Wohnwagen oder mit anderen in der kleinen Kneipe des Campingplatzes.

Ginas Eltern sitzen nirgends. Sie liegen. Im Grab auf dem Pirmasenser Waldfriedhof. Ihre Körper jedenfalls. Oder vielmehr das, was von ihnen noch übrig ist, nachdem der Lkw-Fahrer am Steuer eingeschlafen und mit seinem Achtzehntonner frontal auf den gut gepflegten Golf von Ginas Eltern aufgefahren war. Die Feuerwehr schnitt das um die Vordersitze gewundene Blech Stück für Stück auf und legte Ginas Eltern in die Blechsärge. Sie sollte sie nicht mehr sehen, riet man ihr. Der Mann vom Bestattungsinstitut wollte es ihr sogar verbieten.

Gina ist bei Célines Eltern zu Besuch. Mit denen haben ihre Eltern jedes Weihnachtsfest auf dem Campingplatz verbracht. Weihnachten auf dem Campingplatz, das hatte immer etwas von einer Herausforderung. Draußen sitzen konnte man selten. Im Wohnwagen war es eng. Nicht eng, sondern kuschelig, hatte Ginas Mutter immer gesagt. Oft war das Wetter diesig. Gemütlich war es, wenn man vom geheizten

Waschhaus durch die Kälte über die kargen Wege des Platzes zurück in den Caravan kam. Auch wenn es eng war.

Der Wohnwagen von Ginas Eltern steht leer und ungeheizt am Rande des Platzes. Gina schläft bei Céline. Ihr Vater wird sich um den Verkauf des Caravans kümmern, der nun Gina gehört.

Kurz nach neun gehen die beiden Mädchen los, wie jedes Jahr, zu der alten Hütte, deren Dach inzwischen einige Löcher hat, das ein paar Jungs aus dem Ort jedoch mit einer Plastikplane abgedichtet haben. Das Feuer brennt schon. Dafür fühlt sich Jan verantwortlich. Jan wohnt in Fischbach. Seine Eltern haben eine Autowerkstatt. Jan wird in den nächsten Wochen Abitur machen. Dann will er studieren. Maschinenbau. Vielleicht wird er eines Tages die Werkstatt seiner Eltern übernehmen. Aber zunächst soll er etwas lernen, womit er auch woanders unterkommt.

Gina findet das richtig. Sie mag Jan, auch wenn sie ihn nur selten sieht. Wenn sie auf dem Campingplatz ist und er gleichzeitig zu Hause. Dann treffen sie sich mit den anderen an der Hütte, im Sommer auf eine Cola oder ein Bier, im Winter mit Glühwein aus der Thermoskanne. Die meisten kennen sich seit vielen Jahren. Die Kinder aus den Nachbarorten kamen, um im Sägmühlweiher zu baden, die Kinder vom Campingplatz gesellten sich dazu. Ferienfreundschaften. Bisweilen ein Schwärmen für die eine oder den anderen. Ungelenke SMS während der Schulwochen. Mit dreizehn ein paar Tage Hand in Hand gegangen. In diesem Sommer mit dem einen, im nächsten mit der anderen.

Das Feuer brennt schon richtig hoch. Man kann nicht nah herangehen. Sie begrüßen sich mit Umarmen und Abklatschen, suchen sich einen Platz, schauen ins Feuer. Wie immer läuft die Playlist mit den amerikanischen Weihnachtsliedern. Die meisten haben das von Ginas Eltern gehört. Die sie bislang nicht gesehen haben, versuchen ein paar nette Worte zu finden. Manche scheinen nicht zu wissen, was sie sagen sollen und gehen ihr aus dem Weg.

In zwei Wochen wird die Schule wieder anfangen. Dann ist sie wie zuvor alleine in der Wohnung in Kaiserslautern. Wenn sie will, kann sie bei den Großeltern übernachten. Oder Céline schläft bei ihr. Aber immer geht das nicht. Übernächstes Jahr wird sie Abitur machen. Dann muss sie sich ohnehin eine neue Wohnung suchen. Bis dahin will sie sich Zeit lassen. Sie kann nicht alles auf einmal schaffen. Schritt für Schritt. Sonst reicht die Kraft nicht. Céline und die Großeltern helfen ihr, wenn sie sich allein fühlt. Sie fühlt sich allein, oft, sogar wenn jemand bei ihr ist.

Jan kommt heran. Er setzt sich neben Gina und sagt nichts. Er hält ihr seine Thermosflasche mit dem Glühwein hin.

»Möchtest du noch etwas?«

»Danke! Ja!«

»Im April fange ich in Kaiserslautern an zu studieren. Maschinenbau. Du wohnst doch in Kaiserslautern, oder?«

»Ja, in der Wohnung meiner Eltern. Aber bald muss ich ausziehen. Sie ist zu groß. Ich kann sie nicht bezahlen.«

»Wie geht es dir?«

»So lala.« Sie schaut ihn an. »Es ist hart. Gut, dass es Céline gibt.«

»Ich könnte dich besuchen, wenn ich in Kaiserslautern studiere.« Jan schaut sie mit seinen unvergleichlichen braunen Augen an.

»Gerne.« Ihr Glühweinglas beginnt zu vibrieren. »Ich würde mich freuen.«

»Ist dir kalt?«

»Ja, ein wenig.«

»Du kannst mit unter meine Decke kommen«, sagt er und legt das Tuch aus grober Wolle um ihre Schultern.

Heiligabend auf dem Lutherplatz

Das Kreuz

Man erzählt sich eine eigentümliche Geschichte, die zu überprüfen ich bisher nicht die Gelegenheit hatte, und auch keiner meiner Bekannten und Freunde hat es jemals beobachten können. Vermutlich liegt dies daran, dass wir es gewohnt sind und jedes Jahr wieder neu anstreben, den Heiligen Abend im Kreise der Familie zu verbringen und keiner von uns auf die Idee käme, sich in dieser Nacht, zur Winterszeit, auf den kalten Lutherplatz zu begeben.

An einem Ende des Platzes, nahe dem Turm, steht ein Kreuz. An ihm beginnt der Brunnen. Wie bei einer Quelle strömt das Wasser aus dem Sockel des Kreuzes und läuft in einer langen Rinne zum Hauptbrunnen, wo es zunächst versickert, um dann durch die vielen Öffnungen zu einem Wasserspiel zu werden.

In der Heiligen Nacht, in deren Mitte, soll aus dem Kreuz, dort, wo die beiden Balken miteinander verbunden das Zentrum bilden, eine Knospe aufbrechen. Keine Blüte, nein, ein Zweig, ein kleiner Ast, der für die Augen nahezu unsichtbar, ganz unscheinbar, aber doch unübersehbar aus dem Kreuz herauswächst, Blätter hervortreibt. Für nur wenige Minuten kommt

Leben aus dem Kreuz hervor, entfaltet sich und zieht sich dann wieder zurück.

Es ist eine eigentümliche Veränderung, die bisher nur wenige beobachten konnten. Einer von denen berichtete, dass sogar die Ratten des Platzes andächtig vor dem Kreuz sitzen bleiben, wenn diese Verwandlung vor sich geht.

Das Virus

Auch in diesem Jahr liegt kein Schnee. Gemütlich ist es trotzdem nicht. Das italienische Restaurant im Turm hat bereits geschlossen, die Pächterfamilie sitzt in ihrer Wohnung und wärmt sich. Das Wasser am Brunnen ist schon seit Wochen abgestellt. Zu kalt. Frostgefahr.

Frostgefahr droht auch ihm. Er hätte zur Weihnachtsfeier in die Apostelkirche für die Obdachlosen und Alleinstehenden gehen können. Oder ins Wohnheim St. Johannes. Aber er ist weder obdachlos noch allein lebend. Er hat einfach keine Lust, nach Hause zu gehen.

Er hat seiner Frau gesagt, er würde es schon schaffen, als sie ihn fragte, ob sie den Dienst am Heiligen Abend übernehmen könne. Eine Kollegin mit Familie hatte sie darum gebeten, sie wollte gerne zusammen mit ihren Kindern feiern.

Kinder haben sie nicht. Sie hätten in diesem Jahr zum ersten Mal Weihnachten zu dritt feiern können. Wenn nicht dieses Virus gewesen wäre. Es hatte sie erwischt. Schwerer Krankheitsverlauf hieß es. Das Kind kam zu früh. Viel zu früh, um zu überleben. Kein Weihnachten zu dritt. Nur zu zweit. Und nun alleine. Er hatte ihr gesagt, er würde das schaffen, aber er schafft es nicht. Es ist nicht auszuhalten zu Hause, so allein.

Er lehnt sich an die leer stehende Holzbude für den Eisverkauf und zündet die Kerze an, die er mitgebracht hat. Aus einer der vielen Wohnungen um den Platz herum ertönen mit sanften Stimmen englische Weihnachtslieder. Er kann die Sänger hören, sie sehen ihn nicht, können ihn auch nicht sehen, so versteckt hinter dem Häuschen aus Holz.

Es wäre jetzt schon fast ein halbes Jahr alt, könnte vielleicht bereits sitzen, das kleine Mädchen, das sie verloren haben. Seine Frau wäre in der Elternzeit und würde jetzt nicht die mit dem Tod ringenden Patienten auf der Intensivstation versorgen.

Er beginnt zu frieren. Vielleicht sollte er sich ein wenig bewegen – oder in diese Holzhütte schlüpfen. Das Schloss sieht nicht kompliziert aus. Mit dem Draht, der am Boden liegt, müsste es zu öffnen sein. Fast ist er so weit, das Schloss müsste gleich aufspringen, da hört er hinter sich die Stimme: »Wollen Sie um diese Zeit noch Eis verkaufen?«

Sie schaut ihn mit einem traurigen Lächeln an.

Er zögert. »Nein, ich habe nur gedacht, da drinnen wäre es etwas wärmer als hier draußen.«

»Das ist nicht Ihre Bude? Einbruch also?« Das Lächeln verändert sich.

»Wenn Sie so wollen.« Er sieht in ihre lässig geschminkten Augen. »Und was machen Sie hier um diese Zeit?«, fragt er.

»Ich will nicht nach Hause.«

»Wartet denn niemand auf Sie?«

»Nein. Unser Kind liegt im Krankenhaus und mein Mann hat die Nachtschicht übernommen.«

»Ihr Kind, sagen Sie?«

»Das Virus. Es liegt auf der Intensivstation und ich darf es nicht besuchen.«

Er schaut sie an, sieht ihre traurigen Augen. »Kommen Sie, wir setzen uns hier hinein.«

Er öffnet das Schloss mit dem Draht, nimmt die Kerze und stellt sie auf die Theke über den leeren Eisbehältern. Sie kommt nach. Sie ziehen zwei leere Getränkekisten heran, vor ihnen am Boden eine Plastikschüssel, in der im Sommer die leeren Eisbecher in die Spülküche gebracht werden. Die Kerze flackert. Er schließt die Tür. Allmählich wird die Flamme ruhiger und taucht den kleinen ungemütlichen Raum in ein gleichmäßiges, warmes Licht.

Es ist nicht so kalt wie draußen, aber doch weit entfernt von der heimeligen Atmosphäre eines Wohnzimmers. Eher wie in einem zugigen Stall.

Sie starren in die Flamme.

»Haben Sie Kinder?«, fragt sie.

»Ja, eines.« Er zögert, dann sagt er: »Es liegt in seinem Grab.«

Sie schweigt.

Die Flamme der Kerze fängt an zu flackern. Sie leuchtet auf, als wolle sie sich mit einem Mal völlig verzehren. Es wird hell in der Bude. Der Raum ist von einem Licht erfüllt, das sie so bisher nicht gesehen haben. Für einen Moment ist es, als schauten sie in die Sonne und durch sie hindurch.

Dann geht die Flamme zurück, wird kleiner und es bleibt ein matter Schein um den kürzer gewordenen Docht.

Sie lehnen sich aneinander an, schauen auf die Kerze und warten, dass die Nacht vorbeiginge.

Die Traumtänzer

Es geht auf Mitternacht zu. Das Wasser am Brunnen ist abgestellt, alles liegt trocken, mit weißen Kalkspuren auf Steinen und Bronzefiguren. Der Platz scheint leer zu sein. Der Thron von Papst Leo V. jedoch ist besetzt. Ein junger Mann mit zerzaustem Bart, die Kapuze seines Hoodies über den Kopf gezogen. Die Ellenbogen auf den Knien und den Kopf in den Händen starrt er vor sich hin. Gegenüber dem Bronzethron hat der Künstler, der den Brunnen entwarf, einen Hocker für Martin Luther platziert. Der Thron des begehbaren Kunstwerks ist bei den Besuchern jedoch weitaus beliebter. Er hat Lehnen für Rücken und Arme und steht höher.

Es ist still. Nur einmal hört man ein Weihnachtslied durch ein halb geöffnetes Fenster, ein anderes Mal die Geräusche eines Fernsehers. Der junge Mann schaut nicht auf den Hocker hinab. Er scheint in sich hineinzuschauen.

Er wartet und bemerkt nicht, wie ein anderer Mann seines Alters auf Luthers Hocker Platz nimmt. Dann tänzelt ein Mädchen die Stufen innerhalb des Brunnens hoch, ein anderes liebkost den großen Hasen am Brunnenrand, ein Mann versucht eine der kleinen Bronzemäuse emporzuheben. Lautlos sind die jungen Leute herangeschlichen, wie ein Auftritt aus den Kulissen eines Theaters.

Der auf dem Thron sitzt, schaut hoch, strahlt über das ganze Gesicht, und die Gruppe beginnt zu tanzen. Sie laufen um den Brunnen herum und hindurch, steigen auf Hocker und Thron, klettern auf die steinerne Mitra, recken die Arme in die Höhe, strecken sie zu den Seiten, drehen Pirouetten, fassen sich an den Händen und laufen im Kreis. Ein lautloses Ballett von Begeisterten. Ein himmlischer Reigen auf Erden.

Niemand scheint sie zu hören, keiner schaut ihnen zu.

Sie verschwinden, wie sie gekommen sind. Lautlos, unmerklich tanzen sie davon, die Straße hinunter. Die Wolken reißen auf und die Sterne tanzen mit.

Die Bäume

Sie schlafen um diese Jahreszeit. Die Säfte sind versiegt, alles Leben scheint aus ihnen entwichen zu sein. Sie umstehen den Platz, von ihren Blättern entblößt. Grün sind nur noch die Misteln, winterliche Schmarotzer.

Doch wie es im Schlaf so ist, was drumherum vor sich geht, nimmt man nicht recht wahr, aber es spiegelt sich im inneren Erleben und in den Träumen wider.

Die Bäume rund um den Platz träumen in ihrem Winterschlaf. Was mögen wohl ihre Träume sein? Was wird von außen in sie hineingetragen? Was kommt aus ihrem Inneren?

Die Stille dieser Nacht kann Ruhe vermitteln oder Einsamkeit fühlen lassen. Die Lieder aus den Wohnungen können Wärme herüberbringen oder das Gefühl großer Distanz.

Welche Erinnerungen an das vergangene Jahr laufen durch die winterlichen Träume? Die Kinder, die im Wasser des Brunnens spielten. Die Tangotänzer auf dem Platz. Die Big Band, die das ganze Viertel beschallte. Die fröhlichen Menschen, die Eis aßen oder Pizza und Pasta und Wein tranken oder was auch immer. Die sommerliche Hitze, die Stürme des Herbstes. Die Einsamen auf den Bänken, die betrunkenen Randalierer am Brunnen. Die Geburtstagsfeier und der Leichenschmaus. Das glückliche Hochzeitspaar und das Mädchen mit dem Liebeskummer. Der junge Mann ohne Ausbildungsstelle und der an sich selbst verzweifelnde Alkoholiker.

Auf diesem Platz spielt sich Leben ab, das ganze Leben, wie man so sagt. Die Bäume schauen zu, lächeln oder blicken sorgenvoll, staunen oder wundern sich und manchmal überfällt sie ein Mitgefühl – aber sie können sich nicht hinunterbeugen und schon gar nicht von ihrem Platz bewegen.

Dann kommt der Winter und das Jahr zieht in ihren Träumen noch einmal an ihnen vorbei. Könnten sie in dieser Heiligen Nacht nur einmal kurz aufwachen, so sähen sie die zwei Einsamen in der Eisbude, die Tänzer am Brunnen und die staunend vor dem Kreuz stehenden Ratten.

Die Tauben

Wenn es eine milde Winternacht ist, dann lässt es sich noch ertragen. Wenn es aber kalt und windig ist, dann ist es ungemütlich auf dem Umgang ganz oben auf dem Turm. Hier sitzen sie und versuchen sich vor dem Wind zu schützen. In den Turm hinein, dort, wo es nicht so zugig und vielleicht sogar ein wenig wärmer wäre, können sie nicht. Ein feines Drahtgeflecht versperrt ihnen den Weg.

Die Nacht auf dem Turm ist eine unruhige Nacht, selten läuten die Glocken so oft wie am Heiligen Abend, wenn sich Gottesdienst an Gottesdienst reiht und auch noch spät in der Nacht die Menschen für eine kurze Stunde in die Kirche gehen.

Die Tauben des Lutherturms führen ein hartes Leben, besonders im Winter. Wer ihnen Futter gibt, wird dafür bestraft. Wenn sie es könnten, dann würden die Menschen ihnen die Eier aus dem Nest stehlen und durch Imitate aus Gips ersetzen. Aber sie kommen nicht an die Nischen in der Backsteinwand heran und den mühsamen Weg auf den Turm nehmen sie nur selten auf sich.

Im Winter aber verstecken die Tauben sich des Nachts hinter der Sandsteinbrüstung des Umgangs an der Turmspitze und sehnen an diesem Heiligen Abend Mitternacht herbei, wenn die Glocken endlich für ein paar Stunden schweigen werden. Dass sie nie süßer klingen als zur Weihnachtszeit, wie die Menschen gelegentlich singen, das können die Tauben auf dem Lutherturm nicht bestätigen.

Die Ratten

Selten sieht man eine von ihnen. Dabei gibt es Tausende in der Stadt, mehr als Menschen. Sie bleiben in ihren Löchern, in den Rohren und Kanälen. Sie leben von dem, was übrig bleibt, was die Menschen und ihre Tiere nicht essen, über die Toiletten entsorgen oder in Müllbehälter und Gebüsche werfen. Sie sind gesellig, scheu und produktiv, ein Paar kann in zwölf Monaten leicht zu Urgroßeltern von hundert Urenkelchen werden.

Ein Feiertag der Menschen ist auch ein Feiertag für die Ratten. Der Überfluss der Tische lässt genug für sie übrig. Die nächtliche Ruhe gewährt ihnen Zeit für lange Spaziergänge.

So ist dieser Heiligabend auch eine ganz besondere Nacht für die Ratten des Lutherplatzes. Früher als sonst können sie sich aus ihren Löchern wagen, denn kaum jemand ist auf den Straßen. Die Hunde werden an diesem Abend zeitig ausgeführt. Wer in der warmen, von vielen Kerzen erhellten Stube sitzt, will nicht mehr hinaus.

Die beiden Rattenrudel des Platzes pflegen einander aus dem Weg zu gehen. Die Reviere sind aufgeteilt, nur in Zeiten großer Not werden Grenzen überschritten.

Der Überfluss des Tages hat sie träge und friedlich werden lassen. Zudem führt das frühe Verlassen des

Baus zwangsläufig dazu, dass man größere Kreise zieht als üblich.

So begegnen sie sich auf der Mitte des Platzes, bleiben auf Abstand, nehmen den Geruch der anderen wahr, wagen sich näher heran, bis selbst ihre schlechten Augen bemerken, dass die anderen zwar anders riechen, aber nicht anders aussehen.

Es könnte der Abend der großen Versöhnung zwischen zwei verfeindeten Rattenclans werden und damit ein Zeichen für den verheißenen Frieden auf Erden. Aber ähnlich den denkwürdigen Weihnachtsfeiern in den Schützengräben des 1. Weltkriegs dauert diese friedvolle Begegnung an der zentralen Wasserrinne des Platzes nur eine begrenzte Zeit. Es sind allerdings die jungen Männchen und Weibchen der beiden Rudel, die in aller Eile und ungesehen dafür sorgen, dass sich die Genome der beiden Gruppen vermischen und fortan die Unterscheidung am Geruch schwierig sein wird. So wird man schon einige Wochen später keineswegs immer wissen, ob man bei einer der nächtlichen Begegnungen einen Freund oder einen Feind vor sich hat, was binnen eines Jahres zu einer Vereinigung der beiden Clans führen könnte.

Begegnung am Ludwigsplatz

Er war der Letzte, der die Kirche verlassen hatte. Einer ist immer der Letzte. Er hatte sich Zeit gelassen – absichtlich, nein, eigentlich eher wie von selbst. Die Vesper war der letzte Termin des Tages für ihn, der vierte Gottesdienst an diesem Tag. Es war seine Aufgabe, die Kirche aufzuräumen und sie abzuschließen. Am nächsten Morgen würde es weitergehen. Bis dahin Pause. Essen, schlafen, aufstehen, duschen und dann wieder die Kirche aufschließen für den nächsten Gottesdienst.

Langsam ging er die Ludwigstraße entlang. Es waren nur wenige hundert Meter bis zu dem Haus mit seiner Wohnung. Die Straßenbahnen fuhren nicht mehr, Nachtpause. Heilige-Nacht-Pause. Den Straßenbahnen war es egal, welche Nacht es war. Den Fahrerinnen und Fahrern nicht. Sie waren froh, zu Hause bei ihren Familien zu sein. Ihm war es auch nicht egal, welche Nacht es war, auch wenn er nicht auf dem Weg zu seiner Familie war. Die gab es so nicht mehr. Die beiden Kinder lebten weit weg, die Frau war vor drei Jahren gestorben. Es mache ihm nichts aus, an Weihnachten allein zu sein, sagte er seinen Kindern immer wieder, er habe ohnehin ziemlich viel Arbeit als Messner. Es stimmte nicht, es war ihm nicht egal, es machte ihm etwas aus. Über Kontakt zu Menschen musste er sich jedoch nicht beschweren. Zu Hunderten kamen sie in die Kirche. Nicht mehr so viele wie noch vor zwanzig Jahren, aber in vier Gottesdiensten waren es doch Hunderte. Viele davon kannte er, viele kannten ihn.

Nun waren sie alle wieder hinausgegangen, zurück in die eigenen vier Wände, zu Verwandten, manche auch zu Freunden. Er würde diesen Abend allein bleiben. Weiter die Ludwigstraße hinunter musste er gehen. Auch jetzt, am Heiligen Abend gegen Mitternacht, war die keineswegs menschenleer. Ein paar Hunde ließen sich ausführen. Junge Leute, deren Eltern offensichtlich aus dem Mittelmeerraum stammten, liefen kreuz und quer über die Straße, in Gruppen unterwegs. Er empfand sie als etwas laut. Sie machten ihm Angst, hauptsächlich die jungen Männer mit den streng geschnittenen Haaren und den schwarzen Bärten. Er näherte sich dem Ludwigsplatz. Auf der Höhe der Sparkasse kamen ihm drei entgegen. »Hey, Alter!« – so würden sie ihn wahrscheinlich ansprechen, ihn vielleicht anrempeln, womöglich schlagen. Er konnte ihnen nicht ausweichen. Der Bürgersteig war breit, reichte aber nicht für vier Personen. Sie müssten Platz machen, wenn er vorbei wollte. Bestimmt würden sie nicht Platz machen. Hinüber zur anderen Straßenseite konnte er nicht. Die Gleise der Straßenbahn waren durch ein Gitter gesichert. Auf die Fahrbahn könnte er gehen, sich durch die parkenden Autos hindurchschlängeln.

Zu spät! Zwei von den drei Jugendlichen waren bereits auf die Straße ausgewichen. Der andere kam direkt auf ihn zu. Das würde kein schöner Ausklang des Heiligen Abends.

Der junge Mann kam näher. Tatsächlich kam er auf ihn zu. Wie er es befürchtet hatte. Der Fremde lächelte. Was für ein Lächeln war das? Freundlich? Teuflisch? Spöttisch?

Er zog seine Kappe vom Kopf. Kurzgeschorene schwarze Haare kamen zum Vorschein.

»Frohe Weihnachten!«, sagte er und schloss an: »So sagt man doch, oder?«

»Frohe Weihnachten!«, riefen auch die beiden von der Straße.

»Frohe Weihnachten!«, stotterte der Alte heraus. »Ja, so sagt man.«

Die beiden auf der Straße kamen näher. Einer kam auf ihn zu.

»Was heißt das: Weihnachten?«, fragte er. »Warum sagt man Weihnachten?«

»Das bedeutet ‚Heilige Nacht‘, ein anderes Wort dafür«, sagte der Messner. Ihm war weiterhin nicht wohl.

»Heilige Nacht?«, fragte einer der drei.

»Eine Nacht, die in besonderer Weise zu Gott gehört. An dem Tag ist er auf die Welt gekommen.«

»Wie die Nacht, in der Muhammad den Koran im Himmel sah und in ihm las?«

»Ja, so ähnlich. Eine Nacht, in der Zeit und Ewigkeit einander berührten, Himmel und Erde zusammenkamen.«

Die drei schwiegen. Dann lächelten sie.

»Wir wünschen Ihnen noch eine schöne Heilige Nacht«, sagte einer und sie gingen weiter.

Unter der Brücke

Sie holte ihr Handy aus der Gesäßtasche ihrer Jeans und schaute auf den Schrittzähler. Dreitausendfünfhundertzweiundsiebzig Schritte war sie an diesem Tag gegangen. Da fehlten noch einige, bis sie ihre Mindestschrittzahl von viertausendfünfhundert zusammen hatte.

Sie stand auf dem Luitpoldplatz und überlegte sich, wohin sie noch gehen könnte. Noch fast eintausend Schritte müssten es sein. Dann könnte sie endlich ihr Auto aus der Garage in der Bahnhofstraße holen und nach Hause fahren. Melina war streng mit sich selbst. Sport machte sie nicht, aber ihr tägliches Pensum an Schritten musste sein.

Ein wenig durch die Rheingalerie zu bummeln, wäre eine Möglichkeit, doch der vorweihnachtliche Trubel dort war ihr zu viel. Oder durch die Stadt gehen, den Lichterzauber bewundern, vielleicht irgendwo einen Glühwein trinken oder einen heißen Kaffee? Am Rhein könnte es schön sein, obwohl es schon langsam dunkel wurde.

Sie band ihren Schal fester, stülpte die Kapuze des dunkelblauen Anoraks über den Kopf und zog sie an den Schnüren zu. Es war kühl und bisweilen fielen ein paar Tropfen Regen. Auf dem Wintermarkt vor dem Einkaufszentrum duftete es nach gebrannten Mandeln und Bratwürsten. Die Lautsprecher spielten das Lied von Rudolph, dem rotnasigen Rentier. Schon hundert Meter weiter beim alten Ladekran war es ruhiger. Sie ging Richtung Rheinbrücke, sah ein Liebespaar auf einer der Bänke. Die beiden froren sicher nicht, so eng waren sie ineinander verschlungen. Eine Bank weiter wärmte sich ein alter Mann an einer Schnapsflasche, neben sich in zwei großen Tragetaschen alles, was er besaß.

Die nächste Bank war frei. Sie setzte sich, schaute auf die Brücke, hörte die Straßenbahnen in ihren Gleisen poltern, die S-Bahnzüge rauschen und betrachtete die gelben und roten Lichter der beiden Autoschlangen, die hinüber und herüberkrochen.

Den ganzen Tag hatte sie im gut geheizten Reisebüro verbracht und Träume verkauft. Über die Weihnachtstage auf die Kanaren – da gab es keine Chance mehr. Alle Flüge ausgebucht. Dominikanische Republik oder Mauritius waren noch möglich, aber viel teurer. Im südlichen Spanien konnte man zum Jahreswechsel noch über zwanzig Grad haben, bot sie als Alternative an. Auch in Tunesien oder auf den Balearen konnte man Glück haben. Niemand allerdings könnte voraussagen, wie dort das Wetter in zwei Wochen wirklich sein würde. Die Wellnesshotels am Bodensee oder im Schwarzwald – auch eine Möglichkeit – waren bereits alle komplett belegt. Sie hatte einige enttäuschte Gesichter an diesem Tag gesehen.

Es kam Wind auf und mit dem Sonnenuntergang schien die Temperatur schlagartig zu fallen. Melina stand auf und ging weiter. Ein Schubverband quälte sich den Rhein hinauf. Das blaue Blinklicht am Steuerhaus signalisierte großen Tiefgang und den Wunsch, am rechten Ufer zu fahren. Ein kleines Tankschiff fuhr zu Tal. Sonst war es leer auf dem Fluss. Sportboote sah man um diese Jahreszeit nicht mehr, die ruhten in den Hallen oder Häfen.

Fast hätte ein Fahrradfahrer sie umgeworfen. Tief vermummt stemmte er sich gegen den inzwischen eisigen Wind. Auch ihr war kalt. Am liebsten wäre sie umgekehrt – ins Auto, die Sitzheizung an, und nach Hause gefahren. Aber sie musste noch einige Schritte gehen, mindestens bis zur Brücke, besser bis zum Ostasieninstitut oder zur Fußgängerbrücke auf die Parkinsel.

Sie wechselte zum Fahrradweg auf der anderen Seite des Brückenpfeilers, um den dicken Tropfen zu entgehen, die von der Brücke auf den Fußweg direkt am Rhein fielen. Die Musik vom Weihnachtsmarkt auf dem Berliner Platz drang bis hier herüber. Die Autos auf der Rheinuferstraße spritzten das Pfützenwasser, das vom nachmittäglichen Regenschauer übrig geblieben war, auf den Rasen.

Auf der anderen Seite der mächtigen Tragekonstruktion fiel ihr ein Zelt auf. Nein, eigentlich war es kein Zelt. Es war eine eigentümliche Konstruktion aus Pappkartons und Decken. Sie war jetzt alleine auf dem Fahrradweg, auf den sie gar nicht gehörte. Es war dunkel unter der Brücke. War da jemand in dieser Hütte aus Pappe und Stoff? Melina merkte, wie sich ihr Inneres zusammenzog. Sie bekam ein wenig Angst. Sie ging schneller.

»Hallo, junge Frau, wie wäre es mit einem heißen Grog?«

Sie spürte in sich den Wunsch wegzulaufen, aber sie schaute sich um. Aus der eigenwilligen Hütte drang nun Licht. Eine Decke war zur Seite gezogen worden und ein bärtiger Schatten war zu sehen. Sie wollte weglaufen, aber sie blieb stehen.

»Keine Angst, ich fresse Sie nicht.« Die Stimme wollte beruhigend wirken.

Sie drehte sich um. Er winkte sie heran.

»Ist Ihnen denn nicht kalt? Ein Grog ist dann genau das Richtige.« Wieder dieses Einschmeichelnde in der Stimme.

Gehe nie mit fremden Männern, hatte ihre Mutter gesagt. Melina war inzwischen erwachsen und schon das eine oder andere Mal mit Männern gegangen, die sie bisher nicht gekannt hatte – nach einem Kneipenbesuch oder einer Nacht in der Disco. Dann hatte sie die Männer jedoch vorher gründlich abgecheckt und von ihrer Freundin ein zustimmendes Nicken vernommen.

Sie ging ein paar Schritte näher. Der Mann war alt. Auf jeden Fall sah er alt aus – und harmlos. Er lächelte. Ihm fehlten einige Zähne. Vermutlich war er dreckig und roch unangenehm.

»Kommen Sie ruhig. Ich tu' Ihnen nichts.«

»Das sagen sie alle«, war das Erste, was Melina einfiel.

»Warten Sie, ich bringe Ihnen den Grog nach draußen.«

Der Mann verschwand in seiner Behausung. Die Pappen wackelten. Melina überlegte zu gehen, aber da erschien er schon wieder an der Öffnung und hielt ihr einen Plastikbecher entgegen.

»Garantiert sauber. Habe ich erst heute Morgen mitgehen lassen.«

Melina ließ sich Zeit. Dann ging sie die wenigen Schritte zu dem Zelt und nahm den Becher.

»Vorsichtig, ist heiß! Ich gebe Ihnen eine Serviette.«

Der Mann hielt ihr eine Papierserviette hin.

»Der Rum ist vom Aldi, der Zucker aus dem Café am Berliner Platz.« Der Mann lächelte und ließ seine Zahnlücken sehen.

Melina schaute um sich. »Wohnen Sie hier?«

»Solange man mich lässt. Ist trocken und windgeschützt.«

»Aber kalt.«

»Deshalb der Grog.«

»Wenn es warm wäre, würden Sie dann Wasser trinken?«

»Nee, Alkohol brauchst du schon, wenn du hier schlafen willst. Bei dem Krach.«

Er zog eine alte Tasse aus seiner Wohnung und trank einen Schluck.

»Ich heiße übrigens Sebastian. Und du?«

»Melina.«

»Schöner Name. Was bedeutet der?«

»Weiß man nicht so genau. Vielleicht »die Schöne« oder »die Honigsüße«.

»Die Schöne würde passen«, antwortete der Alte.

»Warum wohnst du hier?«, fragte Melina.

»Weil ich nirgendwo anders wohnen will.«

»Ist aber kalt.«

»Wenn du willst, kannst du reinkommen. Drinnen ist es nicht so kalt.«

»Vielleicht später.«

Eine Fahrradfahrerin fuhr vorbei und schaute interessiert.

Melina trank den Grog. Er war stark und wärmte. Sie schaute sich den Mann genauer an. Vielleicht war er gar nicht so alt, wie er auf den ersten Blick aussah. Rasiert hatte er sich schon einige Tage nicht mehr und die Haare waren seit Monaten nicht mehr geschnitten worden. Er hatte Narben im Gesicht, sah aber eigentlich nicht schlecht aus. Ein Gesicht, das viel erlebt hat, dachte sie.

»Warum willst du nicht woanders wohnen?«, fragte sie.

»Ach, ist mir überall zu eng. Ich kann keine festen Mauern um mich herum haben. Dann krieg' ich Panik.«

»Warst du schon mal beim Arzt?«

»Bei so einem Seelenklempner, meinst du? Nee, danke!«

»Dann lieber hier wohnen?«

»Dann lieber hier wohnen, genau!«

»Wohnst du alleine?«

»Manchmal kommt ein Kumpel. Aber den schmeiß' ich nach zwei Tagen wieder raus. Alleine ist besser.«

»Na dann, prost«, sagte Melina, lächelte und nahm einen Schluck aus dem Plastikbecher. Der Alkohol stieg ihr in den Kopf.

»Lass mich rein, mir ist zu kalt.«

In der kleinen Bude war es tatsächlich nicht kalt. Aber es roch unangenehm nach ungewaschenem Mensch. Der Boden war mit Pappe ausgelegt, darauf ein Schlafsack. In einer Ecke ein Spirituskocher. Die leeren Flaschen lagen auf der einen Seite, die vollen auf der anderen. Das Licht kam von einer Petroleumlampe, deren Geruch die Ausdünstungen Sebastians etwas überdeckten. Der Kocher und die Lampe heizten den Raum.

»Wie lange lebst du schon so?«

»Seit meine Frau mich rausgeschmissen hat.« Der Mann zögerte einen Moment. »Sie konnte meine zunehmende Panik nicht ertragen. Wäre nicht gut für die Kinder, sagte sie.«

»Und Arbeit?«

»Hab in einer Bank gearbeitet. Kundenberater. Gutes Geld verdient. Aber als ich dann immer wieder ungewaschen zur Arbeit kam, hat man mich freigesetzt.«

»Seitdem lebst du so?«

»Ja.«

»Einsam?«

»Mich will keiner und ich will keinen.«

»Scheiße!«

»Nee.«

Sie schwiegen.

»Bald ist Weihnachten«, sagte Melina. »Was machst du da?«

»Ich gehe in die Ludwigskirche und setzte mich ganz hinten hin.«

»Und dann?«

»Geh' ich auf den Berliner Platz und schaue den jungen Leuten zu, die in die Disco gehen.«

»Und dann?«

»Verkrieche ich mich in meinem Schlafsack und warte, bis es hell wird.«

»Kann ich noch etwas von dem Grog bekommen?«, fragte Melina.

»Klar, ist für jeden noch ein halber Becher da.«

Er schenkte nach. »Was machst du eigentlich?«

»Zurzeit verkaufe ich den Leuten warme Weih-nachten fernab vom regnerischen und kalten Deutschland.«

»Reisebüro also.«

Die beiden schwiegen. Als die Becher geleert wa-ren, meinte er: »So, jetzt wird's langsam eng hier drinnen.«

»Ich geh' schon«, sagte Melina, stand auf und schlug die Decke vor dem Eingang weg.

Nach ein paar Metern drehte sie sich noch einmal um. Ihr fiel ein Satz aus der Weihnachtsgeschichte ein: »Und da waren Hirten in derselben Gegend auf dem Felde bei den Hürden, die hüteten des Nachts ihre Herden.« Dann ging sie zum Parkhaus.

(Zuerst veröffentlicht in „Die Basilika", BoD 2020)

Weihnachtsbaumkerzen

»Haben Sie Weihnachtsbaumkerzen?«

»Tut mir leid, wir führen überhaupt keine Kerzen.«

Die junge Frau schaute den kaum älteren Mann hinter der Plexiglasscheibe mit dem Ausdruck ungespielter Verzweiflung an.

»Ich brauche Weihnachtsbaumkerzen. Ich habe es den Kindern versprochen.«

»Alle Geschäfte sind zu. Sie können bei uns vieles bekommen: Lebensmittel, Getränke, Handyzubehör, Zeitschriften, Brötchen, sogar Blumen haben wir noch – nur Kerzen haben wir nicht.« Sie tat ihm leid, die junge Frau, wie sie so vor seiner Verkaufstheke stand, in Jogginghose und Steppmantel, Sneakers an den Füßen und zwei unscheinbare Spangen in den brünetten Haaren. Aber er hatte schon so vieles gesehen. Er würde sie bald wieder vergessen.

Sie ging vor dem Kühlregal mit den Milchprodukten in die Hocke.

Ein älterer Mann betrat den Kassenraum, schritt zielbewusst zum Regal mit den Alkoholika, griff zu einer Flasche billigen Weinbrands und ging zur Kasse. Er sah die hockende Frau und fragte den Kassierer: »Was hat die denn?«

»Sie braucht Weihnachtsbaumkerzen, aber wir haben leider keine.«

»Ach so«, sagte der ältere Mann, nahm seinen Brandy, ging hinaus und war nach wenigen Sekunden zwischen den Tanksäulen verschwunden.

Der Mann an der Kasse wollte zu der Frau hingehen und sie höflich darauf hinweisen, dass sie dort nicht hocken bleiben konnte. Die drei Jugendlichen jedoch, in lautstarker Unterhaltung ineinander vertieft und gerade den Kassenraum betretend, hielten ihn davon ab. Sie wollten Zigaretten und zwei Flaschen Cola. Beim Herausgehen sahen sie die Frau.

»Was haben Sie?«, fragte einer der drei. »Brauchen Sie Hilfe?«

Sie blieb hocken und schaute unter sich. Die drei schauten den Kassierer an.

»Sie braucht Weihnachtsbaumkerzen, hat sie gesagt.«

»Mmh«, meinte der mit den blonden Haaren, »Weihnachtsbaumkerzen? Die elektrischen oder welche meint sie?«

»So richtige, wie früher, Kerzen eben.«

»Haben wir nie gehabt«, sagte der mit den Locken.

»Sind doch komplett unpraktisch«, meinte der Dritte.

»Wo kriegt man denn so was?«, fragte der mit den Locken.

»Im Drogeriemarkt«, sagte der Kassierer.

»Die haben jetzt alle zu«, sagte der Blonde.

»Pech«, meinte der Dritte.

Sie sagten: »Einen schönen Abend noch!«, und verschwanden in der Dunkelheit.

Der Kassierer ging zu der Frau und hockte sich neben sie.

»Wem haben Sie die Kerzen versprochen?«

»Meinen Kindern!«

»Wo sind die jetzt?«

»Zuhause, der Große passt auf die Kleine auf. Habe gesagt, bin gleich wieder da. Die wollen doch so gerne richtige Kerzen und ich habe es ihnen versprochen.«

»Tut mir leid«, sagte der Kassierer. »Wollen Sie nicht lieber aufstehen?«

»Ich habe es ihnen versprochen. Schon vor zwei Wochen. Aber ich habe vergessen, welche zu besorgen. War so viel los in den letzten Wochen. Bei allen meinen Putzstellen sollte ich länger bleiben. Weihnachtsputz und so weiter. Alle wollen es zu Weihnachten schön haben – und ich vergesse, die Kerzen für meine Kinder zu kaufen.« Sie schniefte. »Dann habe ich gedacht, an der Tanke kriegst du alles. Die haben vielleicht auch Weihnachtsbaumkerzen. Außerdem sind das die Einzigen, die am Heiligen Abend aufhaben.«

Ein Wagen war vorgefahren, die Fahrerin hatte getankt und kam herein. Sie sah die Frau und den Kassierer.

»Kann ich bitte bezahlen?« Das war eher eine Aufforderung als eine Frage. Der Ton war eindeutig und bestimmend.

Der Kassierer verschwand hinter seiner Plexiglasscheibe, die Frau nannte die Nummer der Zapfsäule und hielt bereits die Kreditkarte in der Hand. Wenige Sekunden später verließ sie in ihrem Wagen den Tankplatz.

Er ging wieder zu der hockenden Frau.

»Kommen Sie, stehen Sie auf!« Er bot ihr seinen Arm an, sie richtete sich langsam auf. »Ihre Kinder warten auf Sie. Besser, Sie kommen ohne Kerzen als gar nicht.«

Zwischen den Zapfsäulen regte sich etwas. Eine schwer erkennbare Gestalt, klein, gebückt, wackelte mit einer alten Einkaufstasche in der Hand unsicher zwischen den Tragesäulen des Tankstellendaches auf die Tür des Kassenraums zu. Sie schien ein wenig zu schwanken. Den Kassierer wunderte es nicht. Wenn sie den Tag verschlafen hatte, kam sie nachts zu ihm, um die leeren Flaschen, die in ihrer Tasche schepperten, gegen volle zu tauschen. Die junge Frau stand mit dem Rücken zur Tür, aber sie roch sofort die Alkoholfahne, die plötzlich durch den Kassenraum wehte.

»Womit kann ich dienen?«, fragte er die alte Frau mit einer Mischung aus Höflichkeit und Ungeduld.

»Das weißt du doch«, sagte die Frau. Die Aussprache war undeutlich, aber noch verständlich. »Hier hast du die leeren Flaschen, gib mir volle.«

Der Kassierer stellte die leeren Obstlerflaschen neben sich auf den Boden, ging zu dem Regal im Hintergrund des Raumes und kam mit drei anderen Flaschen zurück. Die Frau legte einen Fünfzig-Euro-Schein auf die Theke und bekam ihr Wechselgeld.

Sie drehte sich um und blieb stehen. »Wer ist denn die Frau da?«, fragte sie.

»Ich kenne sie nicht. Sie ist vor einer halben Stunde gekommen und wollte Weihnachtsbaumkerzen. Aber ich habe keine.«

»Ich glaube, die kenn' ich.« Sie ging auf die Frau zu. »Hallo, junge Frau, kennen wir uns nicht?«, lallte sie.

Die Jüngere drehte sich um und wich einen Schritt zurück, als der Alkoholgeruch ihr ungefiltert entgegenschlug.

»Ja, kennen wir uns?«

»Sicher, Sie wohnen doch in der Dankelsbachstraße zehn. Ich in der Acht.«

»So?« Die junge Frau wirkte erschrocken und unsicher.

»Sie haben doch zwei Kinder, einen Jungen und ein kleineres Mädchen. Und Ihr Mann ist vor zwei Jahren abgehauen. Von einem auf den anderen Tag, erzählt man sich.« Dafür, dass die alte Frau bereits einiges getrunken hatte, redete sie nun recht deutlich.

»Aha, ich ahnte nicht, dass das bereits die ganze Nachbarschaft weiß.«

»Ist doch keine Schande, meine Liebe«, hauchte die Alte. »So sind die Männer eben.«

»Ich muss jetzt gehen«, sagte die junge Frau und versuchte an der Alten vorbei zum Ausgang zu kommen. Aber die versperrte ihr den Weg.

»Sie suchen Weihnachtsbaumkerzen, hat der junge Mann gesagt. Stimmt das?«

»Stimmt«, antwortete sie ein wenig angewidert.

»Ich bin in zehn Minuten zu Hause. Schicken Sie dann Ihren Jungen bei mir vorbei, Haus Nummer acht, Erdgeschoss links. Ich habe noch eine ganze Menge von diesen Dingern. Mache aber besser keine Kerzen mehr an. Sie wissen schon.« Sie zeigte auf die Flaschen. »Ich hab' nicht mehr immer alles im Blick.«

Das Krippenspiel

Sie hielt es für eine miserable Idee von ihm, fast hätte sie gesagt, eine bescheuerte Idee, aber das war nicht ihr Sprachgebrauch. Selbstverständlich musste man nach einer Lösung suchen, aber ob es diese hätte sein müssen? Immerhin, eines hatte er damit geschafft: Er hatte auch die Jugendlichen dazu bekommen mitzumachen. Das war schon viel wert in einer Zeit, in der jeden Sonntag das Gefühl stärker wird, der Gottesdienst sei eine Veranstaltung für Greise und Scheintote. Sie gehörte mit ihren siebzig zu den Jüngeren.

Für sie hatte der Gottesdienst noch eine Bedeutung. Sie konnte nicht verstehen, warum die Kirchen immer leerer wurden. Sicher, diese Sexualdelikte setzten dem Image der Kirche schwer zu. Aber sie war Protestantin und ihre Kirche hatte diese Übergriffe zwar nicht vermeiden können, aber es waren wenige gewesen und die waren geahndet worden. Die anderen Begründungen wie »Man muss einmal in der Woche ausschlafen.« oder »Die Kirchenlieder sind langweilig und schwer verständlich.« oder »Ich mag keine Orgelmusik.« konnte sie zum Teil verstehen, aber das waren im Grunde doch nur Ausreden. Sie kam mit ihren Überlegungen nicht weiter. Am Ende blieb es dabei: Es war so, wie es war, und sie konnte es nicht ändern. Aber es tat ihr aus einem unbekannten Grund weh.

Immerhin, wenn man so einen richtigen Event plante, ein Fest oder Ähnliches, dann kamen die Leute. An diesem Abend waren sie auch gekommen. Mehr als sonst, mehr als in den vergangenen Jahren, in denen der Gottesdienstbesuch selbst am Heiligen Abend zurückgegangen war.

Sie hätte kaum den Eingang gefunden, aber die jungen Helfer ihres Pfarrers hatten an alles gedacht. An der Kirche war ein Schild mit der Wegbeschreibung, an den Laternenpfählen hingen Wegweiser. An jeder größeren Kreuzung stand eine oder einer der Jugendlichen mit leuchtender Weste und Stern von Bethlehem in der Hand und half den Suchenden weiter. Je näher sie kam, desto leichter war es. Sie ging einfach hinter den anderen her.

Die meisten mussten stehen, für die Alten hatte man Bänke aufgestellt. Eine Orgel gab es selbstverständlich nicht, aber ein elektronisches Klavier, einen Mann mit Schlagzeug, zwei Mädchen mit Gitarren und einen Jungen mit einer Geige.

Es roch nicht nach Stall oder Weihnachtskerzen und Gebäck, es roch – wie sollte es auch anders sein – nach Tiefgarage, einer Mischung aus Benzingeruch und feuchtem Beton. Ein Weihnachtsbaum stand da, kein großer, denn die Garage war viel niedriger als die Kirche. Die wurde in diesem Jahr renoviert und hatte bislang nicht einmal Strom. Die Tiefgarage war der einzige Platz im Ort, der so vielen Menschen, wie zu den Weihnachtsgottesdiensten zu erwarten waren, ein schützendes Dach bieten konnte. Mit dieser Argumentation hatte der Pfarrer das Presbyterium überzeugt und bei nicht wenigen in der Gemeinde für Verwirrung gesorgt. Die einen schüttelten den Kopf ob der unglaublichen Vorstellung, Gottesdienst in einer Tiefgarage zu feiern. Die anderen hätten der Kirche nie so viel Flexibilität und Kreativität zugetraut und wollten sich das unbedingt anschauen.

Als Altar diente eine Werkbank aus einem der angrenzenden Keller, die Kanzel wurde durch eine Werkzeugkiste ersetzt, auf die der Pfarrer sich stellte, damit er besser gesehen wurde. Ansonsten war es – was die Lieder, Texte und Gebete anging – ein ganz normaler Gottesdienst. »Stille Nacht, heilige Nacht« klang mit E-Piano, Schlagzeug (dezent) und elektronisch verstärkter Geige ungewohnt, aber, wie sie fand, fast sogar reizvoll. Nicht ganz so süßlich wie sonst. Das mit den Lautsprechern hatten die Jugendlichen wirklich gut gemacht, sie waren geschickt im Raum verteilt, sodass man an jeder Stelle gut hören konnte. Für sie in ihrem Alter war das besonders wichtig.

Auf dem Heimweg waren die Menschen in spürbar guter Stimmung. Es war ein schöner Gottesdienst gewesen, ein dem Heiligen Abend würdiger Gottesdienst. Nur die Sache mit dem Krippenspiel hätte man vielleicht doch anders machen können, meinten die einen. Die anderen sagten, das wäre genau richtig gewesen, einer Tiefgarage als Gottesdienstraum angemessen.

Zu dem Gottesdienst gehörte wie immer die Lesung der Weihnachtsgeschichte aus dem Lukasevangelium und – auch wie immer – wurde sie von einer Jugendgruppe szenisch dargestellt. Wie schon manches Mal nahm man die Erzählung von den Weisen aus dem Morgenland dazu, wie sie im Matthäusevangelium stand. Wobei keiner so genau sagen konnte, ob es nun Weise, Magier, Sterndeuter oder Könige gewesen waren. Ihr Auftritt war in diesem Jahr genauso spektakulär wie die ganze Darstellung.

Statt eines Stalls hatte man Maria und Josef mit dem Jesuskind in einem Kellerverschlag untergebracht, »denn es war sonst kein Raum in der Herberge.« Das Leuchten am Himmel, das die Hirten sahen, kam aus den LED-Scheinwerfern eines am Rande der Szenerie geparkten Pkw. Die Engel waren dahinter nur als Schatten wahrzunehmen. Die Hirten trugen die typische Kleidung der Müllwerker. Weil ein Müllwagen nicht in die Tiefgarage gepasst und zu viele schädliche Abgase von sich gegeben hätte, stellten die Müllwerker-Hirten ihre Mülltonnen auf eine Palette und fuhren mit dem Gabelstapler zum Kind im Kellerverschlag. Die Heiligen Drei Könige kamen in einem schicken Elektroauto, dem sie – mit Businessanzügen und Edel-T-Shirts bekleidet – entstiegen und dem Kind eine Rolex, ein teures Männerparfüm und die Schlüssel zu ihrer Luxuskarosse überreichten. Anschließend fuhren sie mit den Hirten auf dem Gabelstapler davon.

Die Reaktionen der Gottesdienstteilnehmer waren spontan und gespalten: Lachen, Stöhnen, Räuspern und ein einzelner Buh-Ruf waren zu hören – und Applaus.

Als der Pfarrer sich an die Auffahrt der Tiefgarage stellte, um seine Gemeinde zu verabschieden, drückte sie sich an ihm vorbei. Wenn sie ihm gesagt hätte, was sie wirklich dachte, hätte sie ihm vermutlich den weiteren Abend verdorben. Sie musste sich erst beruhigen. Was der Pfarrer sich da geleistet hatte, war unmöglich. Die Idee mit der Tiefgarage war – jetzt im Nachhinein betrachtet – gar nicht so schlecht gewesen. Aber dem Kind eine Rolex zu schenken, das war ein Unding. Es hatte doch eigentlich Gold bekommen, kostbare Salbe und duftende Kräuter. Sie blieb stehen und lächelte plötzlich. Aber das passte genauso wenig zum Jesuskind wie Rolex und Parfüm, oder?

Schneewehen auf der A 6

Kurz hinter Enkenbach ist die Autobahn zu. Schneeverwehungen. In Kaiserslautern war noch nichts davon zu ahnen. Hier allerdings kommt man nicht mehr weiter. Sie hatten es angekündigt, ziemlich genau: »Ab 22 Uhr heftige Schneefälle im Pfälzer Bergland«. Nur zehn Minuten früher zurückgefahren und ich wäre jetzt schon in der Rheinebene. Da wird es allenfalls regnen.

Fünf Autos vor mir. Ich wäre durchgekommen, mein Wagen hatte Schwung. Aber andere waren hängengeblieben. Klar, Hinterradantrieb, ist nichts für den Winter. Jetzt sind schon mindestens zehn Wagen hinter mir. Wir hängen alle fest. Und das im Advent, sechs Tage vor Weihnachten.

»Wie soll es weitergehen?« Klang ein wenig verzweifelt, das Motto der Sitzung. Traf aber die Stimmung. Alle Corona-Konventionen wurden eingehalten: Masken beim Hereingehen, Abstand halten, Lüften. War ungemütlich, kein Umarmen, kein Handschlag.

Und dann die Diskussion: kein Geld, keine Ideen, keine Flexibilität, keine Hoffnung.

Wir stecken fest. Ich lasse den Motor laufen. Ökologisch nicht zu verantworten. Aber ich kann es auch nicht verantworten, zu erfrieren. Wann kommen die da vorn endlich in Gang?

Corona schlägt auf die Stimmung. Und dann diese Frage: Wie soll es mit der Kirche weitergehen? Komischer Advent. Advent heißt Ankunft, Warten auf die Ankunft. Mir kommt es vor wie ein Warten in der Todeszelle, vor der Hinrichtung.

Da vorn versucht wieder einer loszukommen. Die Räder drehen durch, er bleibt auf der Stelle stehen, nur das Heck wedelt ein wenig hin und her. Solch eine klassische Limousine ist eben nichts für den Schnee. Diese Dickschiffe sind schnell, wenn es trocken ist. Aber kaum verändert sich das Wetter, bricht denen das Heck weg und sie kommen in Schieflage.

Ich hätte früher losfahren sollen. Dann hätte ich mir auch einige Diskussionsbeiträge erspart. Manche reden nur, um zu reden, ohne jedoch etwas zu sagen. Doch ein Satz ist mir in Erinnerung geblieben.

Hoffentlich kommt bald das Räumfahrzeug. Möchte nur wissen, wie der hier durchkommen will. Am besten wäre es, er käme uns entgegen, gegen die Fahrtrichtung sozusagen.

»Advent, das bedeutet: Warten unter unangenehmen Umständen – damals wie heute.« Das meinte eine Frau bei der Diskussion. Im Stroh des Stalls, auf der Wiese bei den Schafen, auf dem Rücken der Kamele während einer langen Reise. Advent ist eigentlich eine ungemütliche Sache. Manche haben die Stirn gerunzelt.

Ungemütlich wird es auch langsam hier im Auto. Der Motor läuft, die Heizung tut ihr Bestes, die Sitzheizung erledigt den Rest. Trotzdem – die Tür ist kalt, es ist dunkel, im Schneetreiben kann man nichts mehr sehen. Also so richtig adventlich, wenn die Frau recht hat.

»Warten unter unangenehmen Umständen.« Worauf? Auf eine Geburt, einen Anfang. Ein recht kleiner Anfang war das. Als er groß war, erwachsen, der, der damals geboren wurde, da brachten sie ihn um. Seitdem warten wir wieder. Manchmal unter unangenehmen Umständen.

Hier im Schnee warten wir auch. Ich steige aus, rede mit den anderen. Einer schimpft. Die anderen nehmen es leicht. Noch nie habe ich Menschen auf der Autobahn kennengelernt. Neue Erfahrung. Gemeinsam warten wir auf das Räumfahrzeug, das uns hoffentlich bald entgegenkommt.

»Nach Weihnachten ist vor Weihnachten«, sagte ein anderer. Wie recht er hat. So wird es sein. Wieder warten, manchmal unter unangenehmen Umständen. Bis Gott alles in allem sein wird. Er kommt uns entgegen.

Jingle Bells

Auf, auf nach Rotterdam. So hatte er am Tag zuvor gerufen. Eilige Seecontainer hatte er geladen. So schnell wie möglich den Rhein hinunter und dann im Containerhafen umladen. Für diese Fracht gab es einen Sonderzuschlag, wegen der Feiertage. Es lohnte sich und einer musste es doch machen. Keineswegs alle waren dazu bereit. Auch Binnenschiffer wollen Weihnachten feiern, am liebsten im Kreise der Familie. Sie waren ohnehin schon zu oft von zu Hause fort. Besonders die mit Kindern oder alten Eltern ließen lieber den Zuschlag sausen, als dass sie sich über die Weihnachtstage ins Steuerhaus setzten. Ihm machte das nicht so viel aus. Zu Hause wartete ohnehin niemand auf ihn. Das war er gewohnt und es versetzte ihn auch schon lange nicht mehr in eine trübe Stimmung. Depressive Verstimmungen kannte er ohnehin nicht. Da hatte es die Natur gut mit ihm gemeint. Bei dem anderen an Bord war das nicht ganz so. Der bekam schon mal seinen Moralischen. Aber dann holte er ihn da wieder heraus, machte ein paar Scherze, gab eine Runde Schokolade aus oder auch mal einen Schnaps, wenn sie nicht fahren mussten.

Er hatte es gerne, wenn etwas los war – und wenn nichts los war, dann wurde eben etwas gemacht. Gute Ideen hatte er immer. Dabei half ihm die Musik, die durchs Steuerhaus schallte. Hier im Süden hörte er immer SWR1, das war die Musik seiner Generation, mitreißend, aber nicht erschlagend. Mit Heavy Metal hatte er es nicht so, lieber melodiös. Es konnte auch bombastisch sein, so wie bei Whitney Houston. Dann sang er lautstark mit. Zum Glück hörte ihn niemand.

Bald schon kamen sie an den Städten am Oberrhein vorbei. Manche hatten schöne Promenaden, fand er. Da waren sogar am Heiligen Abend noch Leute unterwegs. Am Nachmittag ohnehin, wenn das Wetter gut war. Aber auch in der Dunkelheit. Nicht alle gingen in die Kirchen oder saßen zu Hause bei Kartoffelsalat und Würstchen. Die gab es an Bord selbstverständlich auch. Da legte er Wert drauf. Der Kartoffelsalat war fertig, die Würstchen wurden aufgewärmt, der Senf war aus Düsseldorf. Manche kochten an Weihnachten richtig aufwendig, ganze Menüs. Das ging an Bord nicht. War auch nicht nötig. Kartoffelsalat und Würstchen. Das hob so richtig die Stimmung. Es gehörte einfach zu Weihnachten – obwohl: Die Eltern von Jesus hatten wohl weder Kartoffelsalat noch Würstchen gegessen. Egal. Bei ihm war das Tradition und dem anderen schmeckte es auch.

Für dieses Jahr hatte er sich etwas Besonderes überlegt. Er wollte Weihnachten feiern – während der Fahrt auf dem Rhein und nicht alleine mit seinem zur Trübseligkeit neigenden Mitarbeiter. Alle, die ihn sehen und hören konnten, sollten mitfeiern können. Der Kollege fand die Idee etwas befremdlich, oder wie er sich ausdrückte: schräg. Aber er machte mit. Zusammen hatten sie die weihnachtliche Installation am Schiff vorgenommen. Sechs Lautsprecher, einen fünf Meter hohen Weihnachtsbaum und zweihundertfünfzig Meter Leuchtketten auf beiden Seiten des Rumpfes. Der Baum durfte leider nicht höher sein, er musste unter den Brücken hindurchpassen.

Die letzten zwei Wochen hatte er außerdem jede freie Minute damit verbracht, auf der Festplatte seines Audiogerätes Weihnachtslieder zu speichern. Selbstverständlich die altbekannten deutschen, aber vor allem viele von diesen neuen weihnachtlichen Pop-Songs. Die waren einfach mitreißender, Ohrwürmer, die nicht aus dem Kopf gingen. Dann hatte er die Steuerung der Lichterketten mit dem Audiogerät verbunden. So gingen die Lichter zu beiden Seiten des Schiffes im Takt der Musik an und aus. Jedenfalls war das so geplant. Man würde sehen, ob es klappte.

Als sein Containerschiff Rastatt erreichte, war es noch hell. Zwischen Karlsruhe und Wörth setzte die Dämmerung ein. Ein erster Probelauf. Lichter an. Es funktionierte. Das Licht reflektierte sich blau, weiß, grün und gelb in den Uferböschungen. Weihnachtsbaum an. Der Stern für die Spitze war wirklich ein guter Kauf. Er hatte einen mit Schweif genommen, insgesamt zwei Meter lang. Er erleuchtete die Fläche vor dem Führerhaus taghell.

Auf den alten Treidelpfaden entlang des Rheins waren einige Spaziergänger und Fahrradfahrer zu sehen. Er stellte die Musik an. Ganz leise, nahezu lautlos. Sie sollte lediglich den Lichtern den Rhythmus vorgeben. Die Leute winkten. Er griff zum Mikrofon: »Frohe Weihnachten.« Die Menschen am Ufer riefen zurück, so sah es aus. Hören konnte er sie nicht.

Germersheim kam näher. Jetzt wollte er es versuchen. Kurz bevor sie den Ort erreichten, drehte er die Lautstärke hoch. Die Glöckchen vom Schlitten des Santa Claus klingelten und dann begann »Jingle Bells«. Sein Schiff fuhr wie der Schlitten des Weihnachtsmannes durch die dunkle Nacht und es klingelte. Die Menschen am Ufer sangen mit, auch, als es um Rudolf, das rotnasige Rentier, ging und das Herz, das beim vergangenen Weihnachtsfest vergeben worden war. Als der Ort hinter ihnen lag, drehte er die Musik wieder leiser. Immer wieder waren Menschen am Ufer, die zurückwinkten.

Dann kam der Speyerer Dom in Sicht. Musik an. Zu dieser Stadt passte eher das deutsche Liedgut, dachte er, und versetzte den ganzen Ort in eine stille Nacht. Der Dom schien sich in der Melodie des Liedes zu wiegen und selbst die Gedächtniskirche ganz hinten begann mitzuschwingen. Die Camper an den Altrheinarmen traten aus den Vorzelten heraus, der einsame Paddler bei Otterstadt schwang sein Paddel hin und her. Mannheim tauchte auf. Die Schornsteine des Heizkraftwerkes folgten dem Dreivierteltakt eines Liedes. Die Altriper auf der anderen Seite traten auf ihre Terrassen hinaus und fragten sich, woher die Engelsgesänge so plötzlich kämen. Das Mannheimer Schwimmbad war leer, aber auf der Ludwigshafener Parkinsel saßen ein paar einsame Weihnachtsfeierer, und es stromerten Gruppen von Jugendlichen umher.

Er spielte gerade »We wish you a merry Christmas« und sang über das Mikrofon lautstark mit, als sich ein Boot seinem Containerschiff näherte. Es war nicht schwer zu erraten, um wen es sich handelte. Das blaue Funkellicht verriet das Polizeiboot. Es machte längsseits fest und einer der Beamten betrat das Schiff. Er kam hoch zum Führerhaus und schaute den Schiffsführer skeptisch an. Mehr musste er nicht tun, denn worum es ging, war allen klar. Er war vorbereitet.

»Mein Schiff führt die vorgeschriebenen Positionslichter. Sie sind alle intakt. Das habe ich vor fünf Minuten kontrolliert.«

Der Polizist sagte: »So, so.«

»Außerdem«, fuhr der Schiffsführer fort, »habe ich dafür gesorgt, dass mein Kahn für jedermann auch in der Nacht gut erkennbar ist.«

»Aha.«

»Was die Musik angeht, so ist sie leiser als die Motoren der Speed-Boote, die hier im Sommer die Bäume zittern lassen.«

»Mmh.«

»Und zu guter Letzt, Herr Kommissar.« Er wusste, dass der Beamte kein Kommissar war, eher ein Obermeister oder so ähnlich, aber egal, lieber zu hoch einsteigen als zu niedrig. »Ich habe auch an Sie und Ihre Kollegen gedacht.« Er holte eine schön verzierte Blechschachtel hervor. »Basler Läckerli. Eine Schweizer Spezialität, die man nicht überall bekommt, die aber herrlich schmeckt. Frohe Weihnachten!«

Der Polizist lächelte. Er wusste, dass er den Schiffsführer allenfalls wegen Ruhestörung heranziehen konnte. Aber wollte er das wirklich? In dieser Nacht? Und bei dieser schönen weihnachtlichen Musik, die wirklich nicht so laut war wie die vibrierenden Achtzylindermotoren der Speed-Boote?

Der Polizist ergriff die Blechdose, wünschte frohe Weihnachten und verließ das Schiff.

Das Containerschiff nahm Kurs auf Worms und Mainz, wo es schon von einem Kamerateam empfangen wurde, denn die Sache mit dem Weihnachtslieder singenden Schiffsführer hatte sich längst über die sozialen Medien verbreitet.

Recogne-Bastogne

Seine Familie hatte in den ersten Jahren noch Verständnis für ihn. Das ließ im Laufe der Zeit nach. Nie war er am Heiligen Abend daheim. Kam immer erst im Laufe des ersten Feiertages zurück aus Belgien. Die ersten Jahre mit dem Zug, dann nahm er das Auto. Als es mit dem Fahren nicht mehr so gut ging, nahm er wieder den Zug und für die letzten Kilometer ein Taxi. Recogne-Bastogne – sie konnten diesen Namen nicht mehr hören. Schon im Sommer plante er die Reise, kaufte die Fahrkarte, bestellte das Taxi. Ab dem Nikolaustag war er kaum noch ansprechbar, am zwanzigsten Dezember wurden alle Buchungen überprüft, der Koffer gepackt, der dreibeinige Sitzhocker daran festgeschnallt. Am frühen Morgen des vierundzwanzigsten Dezembers ging es los. Vier Stunden Fahrt mit dem Auto ab Pirmasens, sechs mit Zug und Taxi.

Nie wollte er, dass jemand aus der Familie mitkam, sie nicht und auch nicht die Kinder. Alleine wollte er dort sein. Alleine mit der Vergangenheit, alleine mit den Seelen der anderen, die diese verrückte Ardennenoffensive nicht überlebt hatten. Über dreißigtausend, gestorben für nichts, kein Meter Landgewinn. Dreißigtausend tote Deutsche, damit über vierzigtausend von den anderen getötet werden konnten. Ein Kampf mit letzter Verbissenheit. Kriegsverbrechen auf beiden Seiten. Deutsche erschossen Kriegsgefangene bei Malmedy, die Alliierten erschossen Deutsche bei Chenogne.

Er hatte überlebt, die anderen seines Trupps fielen bei Dinant, damals, in der Nacht zum 25. Dezember 1944. Ein gänzlich sinnloser Vorstoß in der Heiligen Nacht, in der gleichzeitig einhundertfünfzig Kilometer weiter östlich die Alliierten Köln bombardierten. Er überlebte, sie nicht. Sie liegen seitdem zusammen mit über sechstausend anderen in der belgischen Erde von Bastogne. Er war achtzehn Jahre alt, die anderen auch, nur einer war zwanzig. Alle starben in dieser Nacht, noch bevor es hell wurde. Keine himmlischen Heerscharen, die den Himmel erleuchteten. Stattdessen Leuchtspurgeschosse, Blendgranaten, Mündungsfeuer. Kein Friede auf Erden für die Menschen seines Wohlgefallens. Stattdessen Krieg auf Erden nach dem Willen der Nazis und all jener, die sich nicht gegen sie zu stellen wagten.

Er überlebte und wurde niemals so recht froh damit. Reden konnte er nicht darüber, kann er weiterhin nicht. Wie soll man es jemandem erklären, der nicht dabei war – die Kälte, der Schmutz, die Schreie, der ohrenbetäubende Lärm, das Blut, der Gestank und plötzlich die Erkenntnis, alleine zu sein. Keiner von den anderen, mit denen er die letzten Monate Tag und Nacht zusammengelebt hatte, war mehr da. Nur er.

Alleine. Als die Amerikaner ihn fanden, war es wie ein Wunder.

Warum hatte er sich nicht erschießen lassen, heldenhaft auf den Trupp der Amerikaner angelegt und sich erschießen lassen, sterben wie sie? Da war er aber schon alleine, orientierungslos, nicht mehr er selbst, gerade erst achtzehn geworden, Notabitur, eingezogen, fast ohne Ausbildung. Der Unteroffizier war sein Vorbild gewesen, der war zwanzig und jetzt tot.

Jedes Jahr besuchte er sie – in der Nacht, in der sie starben. In der Heiligen Nacht, in der der Teufel die Soldaten aus den Schützengräben in die Maschinengewehrsalven trieb. Man hatte seinen Trupp zusammen in eine Ecke des Friedhofs gelegt. Sieben junge Männer. Er war der Achte. In dieser Nacht wollte er bei ihnen sein, in der Nacht ihres Todes, in der es nichts zu feiern gab.

Er hatte sie um mehr als siebzig Jahre überlebt. Immer stellte er ihnen etwas auf die Gräber – Schokolade, kleine Schnapsflaschen. In einem Jahr waren es Engelsfiguren, weil es doch die Nacht der himmlischen Heerscharen hätte sein sollen. Dann setzte er sich zu ihnen und trank den Genever, den sie so oft zusammen getrunken hatten. Trank, bis ihm die Tränen liefen und es hell wurde. Als es damals hell wurde, waren sie schon alle tot, nur er lebte, überlebte. Warum er?

Bald würde er neunzig werden. Er war sich nicht sicher, ob er es im nächsten Jahr noch einmal schaffte. Das Zugfahren wurde mühsam, die vielen Menschen, die Hektik auf den Bahnhöfen, die Fahrplanänderungen. Er könnte die ganze Strecke mit dem Taxi fahren. Das würde zu teuer. Er könnte sich von seinem Sohn, seiner Tochter, von einer der Enkelinnen fahren lassen. Aber er wollte sich ihnen nicht zumuten, den weinenden Großvater an den Gräbern von sieben fremden Männern, die schon über siebzig Jahre tot waren.

Der Taxifahrer setzte ihn am Abend am Soldatenfriedhof von Recogne-Bastogne ab. Am nächsten Morgen würde er ihn gegen acht Uhr wieder abholen. In diesem Jahr war es nicht so kalt, wie schon so manches Mal. Der gefütterte Regenmantel, die Winterstiefel, eine Decke, der heiße Tee und der Genever würden genügen. Er musste sich orientieren. Man hatte einige Bäume gefällt, es sah anders aus als im letzten Jahr. Er fand den Weg und ging durch die Reihen der Gräber in die Ecke, in der man seinen Trupp bestattet hatte. Die sieben anderen, ohne ihn. Dieses Mal hatte er ihnen Kaugummi mitgebracht. Die Nazis hatten die amerikanische Erfindung geächtet. In seinem Trupp war Kaugummi jedoch das Zeichen für den Erfolg der deutschen Offensive. Sie hatten es gefangenen Amerikanern abgenommen. Kaugummi war das Attribut des Siegers – und sollte es auch bleiben.

Das wussten sie jedoch erst nach jener Heiligen Nacht des Jahres 1944.

Früher, in den ersten Jahren nach dem Krieg, da hatten auch andere die sieben Gräber besucht und manchmal etwas hinterlassen. Meist waren es Blumen, die verwelkt und angefault vor den steinernen Kreuzen lagen. Das war lange vorbei. Keiner der Männer, die dort lagen, hatte Kinder zeugen können, keiner hatte Nachkommen, die sich an ihn erinnerten. Ihre Eltern waren tot, die meisten Geschwister auch. So war er inzwischen der Einzige, der den Toten noch etwas brachte. Jemand von der Kriegsgräberfürsorge räumte es im Laufe des Jahres weg. Das war auch in Ordnung so, wenn nur er es nicht machen musste.

Nun sah er sie, die sieben Gräber. Er sah auch, dass es dieses Mal anders war. Auf einem der Gräber, dem von Franz, lag etwas Helles, Kleines, Eckiges. Es musste jemand dagewesen sein und etwas zurückgelassen haben. Vielleicht war es aber auch nur ein Fetzen Papier, der über den Friedhof geweht worden und dort liegengeblieben war.

Als er näherkam, sah er es: nur ein Stück Papier, die Ränder keineswegs so regelmäßig, wie es aus der Ferne gewirkt hatte. Er wischte es beiseite, verteilte die Kaugummipäckchen und packte Tee und Genever aus. Er redete zu den Sieben, erzählte ihnen von den Ereignissen des letzten Jahres, den kleinen in seinem Leben und den großen der Welt. Wie jedes Jahr. Er erinnerte an die schönen, erfolgreichen Tage vor jener Heiligen Nacht vierundvierzig, an die gute Zeit, die sie miteinander hatten. Er erzählte von den Plänen, die jeder von ihnen gehabt hatte, die nie umgesetzt wurden und nur noch in seinem Gedächtnis lebten. Mit seinem Tod würde auch diese Erinnerungen sterben.

Gegen Mitternacht wurde er müde. Das war jedes Mal so. Ein Glas Genever und einige Schritte um die Gräber herum würden ihn munter machen, damit er die Nachtwache durchhielt. Er stand auf, vertrat sich die Füße, ging ein paar Schritte. Der Fetzen Papier lag im Weg. Er hob ihn auf. Da hatte einer etwas geschrieben. In der alten Sütterlinschrift, die sie noch in der Schule gelernt hatten. »Ich lebe und auch ihr sollt leben. (Joh 14,19)« stand da, ein wenig ungelenk geschrieben, aber deutlich lesbar.

Er setzte sich wieder auf seinen Hocker und betrachtete das Papier. Der, der das gesagt hatte, hatte ihn gemeint – und die sieben anderen. Das war es, was er ihnen noch sagen konnte, auch wenn er es nächstes Jahr nicht mehr nach Recogne-Bastogne schaffen würde.

Er nahm die achte Kaugummipackung, seine, öffnete sie, wickelte zwei der Streifen vorsichtig aus, nahm das Stanniolpapier und faltete daraus einen Rahmen für den Zettel. Die beiden Streifen kaute er, bis sie weich und geschmeidig waren, und klebte damit den Papierfetzen an das Kreuz des Leutnants.

Weitere Bücher von Michael Gärtner

Die Felsenland-Krimis

Maimont

Geschichte holt einen bisweilen ein, auch den emeritierten Geschichtsprofessor Alfred von Boyen, der in der Südpfalz an der Grenze zum Elsass ein Trauma überwinden will. Doch sein Eremitendasein wird gestört durch den Todesfall eines dreijährigen Mädchens. Parallel zu den Ermittlungen der Polizei beginnt er, eigene Nachforschungen anzustellen. Auf dem Hintergrund der wechselvollen Geschichte des Grenzlandes, der waldreichen Südpfälzer Natur, der verlockenden französischen Küche und zweier Liebesgeschichten werden Menschen in kriminelle Machenschaften hineingezogen, denen sie sich nicht mehr entziehen können.

Wellhöfer Verlag 2020, ISBN 9 738954 2826 85, 12,95 €

Mascara

Die schöne Weißrussin Ludmilla liegt tot im Saarbacher Mühlweiher. Die Kommissare Bernd Peters und Klaus Scheller aus Pirmasens wissen zunächst nicht, wo sie nach dem Mörder des Zimmermädchens suchen sollen. Ist er in dem neu ausgebauten Wellnesshotel, in dem Ludmilla gearbeitet hat, zu finden? Oder auf dem Campingplatz auf der anderen Seite des Weihers? Ihnen zur Seite stehen Professor Alfred von Boyen, emeritierter Historiker und Politikberater, sowie Pfarrerin Barbara Fouquet. Es bedarf einiger raffinierter Täuschungen, um die Täter zu ermitteln.

BoD 2021, ISBN 9 783754 346778, 9,95 €,
auch als E-Book erhältlich

Million

Immer wieder tauchen neue Fragen auf. Der Tote im Wald bei Gebüg ist auf eine noch nie dagewesene Weise umgekommen. Warum wurde er umgebracht, warum gerade dort und warum so? Wo sind seine Frau und die Kinder geblieben? Und was hat es mit der einen Million Euro auf sich, die er ein paar Tage vor seinem Tod ins Ausland überwiesen hat? Die Pirmasenser Kriminalkommissare, Pfarrerin Barbara Fouquet und der emeritierte Professor Alfred von Boyen machen sich auf die Suche, die sie bis nach Paris und in die Karibik führt. Der dritte Felsenland-Krimi.

BoD 2023, ISBN 9 783752 867374, 12,00 €,
auch als E-Book erhältlich

Aus der Welt der Wissenschaft

Das Axion-Experiment

Was können wir wissen? Was gibt es wirklich und was bilden wir uns nur ein? Dr. Sebastian Rasch ist sich da sicher: Beobachten, messen, berechnen, experimentieren – denn das sind seine Werkzeuge als Physiker. Auf der Suche nach dem legendären Axion wird er mit dem mysteriösen Tod einer von ihm verehrten Kollegin konfrontiert. Sebastian macht sich auf die Suche nach dem Mörder und entdeckt die Antwort dort, wo man nichts sicher wissen kann. Die Welt des Max-Planck-Instituts gerät durch das Unberechenbare aus den Fugen.

Bod 2023, ISBN 9 783738 604863, 12,00 €,
auch als E-Book erhältlich

Historische Romane

Tertullian. Der Roman
Römisches Reich im Jahre 197 nach Christus. Der reiche und berühmte Redner Tertullian kommt aus Rom zurück in seine Heimatstadt Karthago. Dort trifft er auf seine Jugendliebe Salvia und die alten Freunde. Die freuen sich auf rauschende Feste und großzügige Spiele in der Arena. Doch Tertullian hat sich merkwürdig verändert. Viele wenden sich enttäuscht ab, nur sein Freund Marcus hält zu ihm. Beim Besuch des Kaisers in der Stadt kommt es zu einer Jagd auf die Christen. Für Salvia wird es immer schwieriger, mit ihrem wohl gehüteten Geheimnis zu leben.
Ein spannender Roman über die Zwiespältigkeit der menschlichen Seele und die Schwierigkeiten, den eigenen Weg im Leben zu finden.
2., durchgesehene und erweiterte Auflage, gebunden, Bod 2020, ISBN 9 78752 6428 10, 22,00 €,
auch als E-Book erhältlich

Die Schmiedin von Treveris
Rigani wächst als Tochter eines Schmieds in Treveris an der Mosel auf. Die Stadt hat im vierten Jahrhundert als Kaiserresidenz des Römischen Reiches große Bedeutung erlangt. Davon profitiert auch die Schmiede, in der sich Rigani mit der Fertigung von exzellenten Schwertern einen Namen gemacht hat. Viele Jahre leben Menschen verschiedener Religionen weitgehend konfliktfrei in der Stadt. Doch als ein Pogrom an den Juden droht, macht Rigani sich auf den beschwerlichen Ritt über die Alpen nach Norditalien zu ihrem Freund aus Kindertagen, den inzwischen berühmten Bischof Ambrosius von Mailand. Er soll helfen, ihren jüdischen Freund Samuel und dessen Kinder zu retten. Unterwegs gerät die Schmiedin selbst in höchste Gefahr.
Verlag Weyand, Trier, 2021, ISBN 9 783942 429689, 10,90 €

Das Vermächtnis des Bischofs
Der plötzliche Tod des amtierenden Bischofs löst eine große Unruhe in der kleinen Landeskirche aus. Sein Stellvertreter sieht seine Chance gekommen, dem allzu liberalen Kurs seiner Kirche ein Ende zu bereiten und selbst die Führung zu übernehmen. Hinter den Kulissen entbrennt ein unwürdiger Machtkampf. Satirisch überspitzt werden die Machtmechanismen in der Kirche und ihre Protagonisten aufs Korn genommen.
Bod 2019, ISBN 9 783749 4840 27, 7,99 €,
auch als E-Book erhältlich

Die Basilika
Vier Erzählungen aus der kleinen Großstadt
Eine unerwartete Entdeckung beim Tunnelbau stürzt die kleine Großstadt in Aufregung und die Lokalpolitik in Turbulenzen. Es beginnt ein großes Spiel, in dem sie alle auf ihre Weise mitmischen möchten: die Parteien, die Kirche, die Presse und die große Chemiefabrik. Ein Mann gerät in die Mühlen der Politik und zwischen zwei Frauen. Und das alles wegen ein paar Steinen. Die Steine und ihre Folgen, eine Tote auf dem Filmfestival, die Beichte eines Binnenschiffers und eine seltsame Begegnung unter einer Brücke sind die Themen der vier in diesem Band zusammengefassten Erzählungen. Gemeinsam ist ihnen der Ort an dem sie spielen: Die kleine Großstadt, Ludwigshafen am Rhein.
BoD 2020, ISBN 9 783752 648089, 9,99 €, auch als E-Book erhältlich